KB043404

메밀 꽃 필 무렵

# 메밀꽃 질 무렵

초판 1쇄 2018년 9월 10일

글쓴이 | 김도연, 김별아, 박문구, 심봉순, 윤혜숙, 이순원
펴낸곳 | 도서출판 단비
펴낸이 | 김준연
편 집 | 최유정
등 록 | 2003년 3월 24일(제2012-000149호)
주 소 | 경기도 고양시 일산서구 일중로 30, 505동 404호(일산동, 산들마을)
전 화 | 02-322-0268
팩 스 | 02-322-0271
전자우편 | rainwelcome@hanmail.net

ISBN 979-11-6350-002-5 03810
값 11,000원

국립중앙도서관 출판시도서목록(CIP)

메밀꽃 질 무렵 / 글쓴이: 김도연, 김별아, 박문구, 심봉순,
윤혜숙, 이순원. — 고양 : 단비, 2018
   p. ;   cm

ISBN  979-11-6350-002-5 03810 : ₩11000

한국 현대 소설[韓國現代小說]

813.7-KDC6
895.735-DDC23                          CIP2018027021

「메밀꽃 필 무렵」 이어쓰기

김도연 김별아 박문구 심봉순 윤혜숙 이순원 글

메밀꽃 질 무렵

단비
danbi

# 이효석 선생의 영전에 바치는
# 강원도 여섯 후배의 글

이효석 선생의 〈메밀꽃 필 무렵〉은 1936년에 발표된, 한국 현대문학의 백미와도 같은 작품이다. 이효석 선생은 1907년 강원도 평창에서 태어나 1942년 36세의 나이로 세상을 떠날 때까지 장편소설보다 단편소설에서 탁월한 능력을 보여 주었고 고향에 대한 그리움과 이국에 대한 동경을 소설화했다. 특히나 이 작품 〈메밀꽃 필 무렵〉은 한국 현대 단편소설의 대표작으로 꼽히며, 작품 전체적으로 시적인 정서가 흐르고 애틋한 느낌을 준다.

강원도 봉평과 대화 장터를 중심 무대로 삼고 그 속에서 살아가는 장돌뱅이 허 생원의 삶을 통해 인간 본연의 애정과 운명을 하나의 이야기로 엮은 소설이다. 장돌뱅이 허 생원은 젊은 시절 봉평 냇가 물방앗간에서 하룻저녁 맺은 인연을 잊지 못하고, 언제고 이 장에서 저 장으로 옮겨 가는 길을 걸을 때마다 같은 장돌뱅이 조 선달에게 그 밤의 기막힌 사연을 이야기한다.

달빛 아래 피어난 꽃이 대체 얼마나 희면 눈이 내린 것 같다고 말하지 않고, 소금을 뿌린 것 같다고 말할까. 이 하나의 표현만으로도 저절로 그 밤길의 풍경이 그려진다. 메밀꽃이 흐드러지게 핀 달밤, 장돌뱅이 셋이 메밀밭가의 산길을 걸어간다. 그러면서 허 생원이 조 선달에게 반복해서 들려주는 이야기 속에 아버지와 아들의 상봉이 아닌, 아버지와 아들의 희미한 확인이 이루어진다.

이효석 선생 스스로도 이 작품에 대해 '애욕의 신비성을 다루려 했다.'고 밝혔을 만큼 작품 속의 주인공인 허 생원과 동이의 관계를 뒤늦게나마 아버지와 아들 사이임을 둘 다 왼손잡이임을 통해 드러내 보이는 것이다. 그것을 '애욕의 신비성'이라고 말한 것은 허 생원과 동이의 어머니인 성 처녀 사이에 '달빛이 좋은 어느 하루 저녁 물방앗간에서 있은 그 기막힌 일'과 그 일의 인연으로 아들 동이가 태어나고, 뒤늦게 부자가 그런 관계를 이제 막 알게 된 과정을 이 소설이 그리고 있기 때문이다.

그러면 이들 인물들의 뒷이야기는 과연 어떻게 전개될까?
여기 여섯 명의 강원도 후배 작가들이 허 생원과 동이의 이야기를 하러 나섰다. 이렇게 어떤 작품의 '이어쓰기'를 하게 되면 보통은 '이어쓰기'라는 말 그대로 그 작품의 뒷이야기를 하게 된다.

그런데 여기에 첫 작품으로 바통을 받은 윤혜숙 작가는 '열여덟 동이'의 이야기를 하면서 이효석 선생의 〈메밀꽃 필 무렵〉 뒷얘기가 아니라 바로 그 앞의 이야기를 한다. 열여덟 살 먹은 동이가 어머니와 또 의붓아버지와 함께 살고 있는 제천에서 자신의 아버지일지 모르는 허 생원의 얘기를 듣고 봉평 장으로 그걸 확인하러 오는 이야기이다.

그 뒤를 잇는 심봉순의 〈달늠〉은 봉평의 성 서방네 처녀가 물레방앗간에서 한 사내를 안게 된 사정을 그 밤을 지켜본 달님과의 정분처럼 생각하며 이어 나간다. 흐뭇한 달빛 아래 또 한 편의 서정 미학이 이어진다.

박문구의 〈길〉은 동이가 자기 자식임을 확인한 허 생원이 그동안 꿈에도 그리던 동이 어머니와 함께 살림을 합치는 게 아니라 오히려 그랬을 때 일어날 낯선 일들을 경계하여 자신의 노후를 다르게 의탁할 방법을 찾는다. 모두 예상하는 결말을 가볍게 떨쳐 버리고 전혀 다른 쪽으로 이야기의 물꼬를 터나가는 솜씨가 가히 대가급이다.

김별아의 〈꽃과 꽃자리의 기억〉은 한때 봉평의 제일색이었던 성 서방네 처녀가 그때 어떻게 아이를 낳아 키웠는지 지금은 제천으로 가는 길 중간 객줏집을 열고 있는 주모 입장에서 풀어낸다. 시간이 너무 흘러 이제는 서로 봐도 얼굴도 모르는 사이가 되어 하룻밤 묵어가는 허 생원 일행과 나누는 옛시절 얘기를 입에 착착 붙는 속담 같은 비유를 섞어 가며 또 한 편의 인생 이야기를 화롯가의 이야기처럼 이끌어 낸다.

　김도연의 〈메밀꽃 질 무렵〉은 〈메밀꽃 필 무렵〉 속에 나오는 동이가 나이를 먹어 노인이 된 다음의 이야기다. 꿈속에 그는 아버지 허 생원을 만나 함께 길을 걷는다. 대체 얼마 만에 걸어보는 걸까 생각하니 아득하다. 고개를 넘어온 바람이 시린 달빛과 섞여 메밀꽃을 흔든다. 나귀의 고삐를 잡은 동이가 허 생원에게 묻는다.

　"아버지, 인생이 뭔가요?"

　"뭐긴. 장 보러 왔다가 장 보고 가는 거지."

　절로 무릎이 쳐지는 대목이다.

　이 작품 제일 뒤엔 이순원의 〈말을 찾아서〉를 강원도 고향의 선배 작가 이효석 선생의 〈메밀꽃 필 무렵〉에 바치는 헌정 작품으로 실었다. 아니, 여기에 실린 모든 후배의 작품이 〈메밀꽃 필 무렵〉에 대한 헌정 작품이다.

메밀꽃과 감자꽃이 가득한 강원도의 아름다운 산하와 아름다운 선후배들의 작품이 이 책 속에 또 하나의 인연을 맺었다. 위에 소개한 김도연 작가의 말을 그대로 따라 하면 작가에게 인생은 글을 쓰러 왔다가 글을 쓰고 가는 일이다. 선생의 삶도 그렇고 우리의 삶도 그렇다. 여기에 실린 우리의 글을 우리가 태어난 아름다운 강원도 산하와 그곳에 먼저 태어나셨던 이효석 선생 영전에 바친다.

2018년 메밀꽃 필 무렵
이순원 드림

# 메밀꽃
# 필 무렵

이 효 석

여름 장이란 애시당초에 글러서, 해는 아직 중천에 있건만 장판은 벌써 쓸쓸하고 더운 햇발이 벌려 놓은 전 휘장 밑으로 등줄기를 훅훅 볶는다. 마을 사람들은 거지반 돌아간 뒤요, 팔리지 못한 나무꾼패가 길거리에 궁싯거리고들 있으나 석유병이나 받고 고깃마리나 사면 족할 이 축들을 바라고 언제까지든지 버티고 있을 법은 없다. 춤춥스럽게 날아드는 파리 떼도, 장난꾼 각다귀들도 귀찮다. 얼금뱅이요 왼손잡이인 드팀전의 허 생원은 기어코 동업의 조 선달을 낚아 보았다.

　"그만 거둘까?"

　"잘 생각했네. 봉평 장에서 한 번이나 흐붓하게 사 본 일 있었을까. 내일 대화 장에서나 한몫 벌어야겠네."

　"오늘 밤은 밤을 새서 걸어야 될걸."

　"달이 뜨렷다."

　절렁절렁 소리를 내며 조 선달이 그날 산 돈을 따지는 것을 보고 허 생원은 말뚝에서 넓은 휘장을 걷고 벌여 놓았던 물건을 거두기 시작하였다. 무명필과 주단 바리가 두 고리짝에 꼭 찼다. 멍석 위에는 천 조각이 어수선하게 남았다.

다른 축들도 벌써 거진 전들을 걷고 있었다. 약빠르게 떠나는 패도 있었다. 어물 장수도 땜장이도 엿장수도 생강 장수도 꼴들이 보이지 않았다. 내일은 진부와 대화에 장이 선다. 축들은 그 어느 쪽으로든지 밤을 새며 육칠십 리 밤길을 타박거리지 않으면 안 된다. 장판은 잔치 뒷마당같이 어수선하게 벌어지고 술집에서는 싸움이 터져 있었다. 주정꾼 욕지거리에 섞여 계집의 앙칼진 목소리가 찢어졌다. 장날 저녁은 정해 놓고 계집의 고함 소리로 시작되는 것이다.

"생원, 시침을 떼두 다 아네…. 충줏집 말야."

계집 목소리로 문득 생각난 듯이 조 선달은 비죽이 웃는다.

"화중지병이지. 연소패들을 적수로 하구야 대거리가 돼야 말이지."

"그렇지두 않을걸. 축들이 사족을 못 쓰는 것두 사실은 사실이나, 아무리 그렇다곤 해두 왜 그 동이 말일세, 감쪽같이 충줏집을 후린 눈치거든."

"무어, 그 애숭이가? 물건 가지고 낚었나 부지. 착실한 녀석인 줄 알았더니."

"그 길만은 알 수 있나…. 궁리 말구 가 보세나그려. 내 한턱 씀세."

그다지 마음이 당기지 않는 것을 쫓아갔다. 허 생원은 계집 과는 연분이 멀었다. 얼금뱅이 상판을 쳐들고 대어 설 숫기도 없었으나, 계집 편에서 정을 보낸 적도 없었고, 쓸쓸하고 뒤틀 린 반생이었다. 충줏집을 생각만 하여도 철없이 얼굴이 붉어지 고 발밑이 떨리고 그 자리에 소스라쳐 버린다. 충줏집 문을 들 어서 술좌석에서 짜장 동이를 만났을 때에는 어찌 된 서슬엔지 발끈 화가 나 버렸다. 상 위에 붉은 얼굴을 쳐들고 제법 계집과 농탕치는 것을 보고서야 견딜 수 없었던 것이다. 녀석이 제법 난질꾼인데 꼴사납다. 머리에 피도 안 마른 녀석이 낮부터 술 처먹고 계집과 농탕이야. 장돌뱅이 망신만 시키고 돌아다니누 나. 그 꼴에 우리들과 한몫 보자는 셈이지. 동이 앞에 막아서면 서부터 책망이었다. 걱정두 팔자요 하는 듯이 빤히 쳐다보는 상 기된 눈망울에 부딪칠 때, 결김에 따귀를 하나 갈겨 주지 않고 는 배길 수 없었다. 동이도 화를 쓰고 팩하게 일어서기는 하였 으나, 허 생원은 조금도 동색하는 법 없이 마음먹은 대로는 다 지껄였다―어디서 주워 먹은 선머슴인지는 모르겠으나, 네게도 아비 어미 있겠지. 그 사나운 꼴 보면 맘 좋겠다. 장사란 탐탁하 게 해야 되지, 계집이 다 무어야, 나가거라, 냉큼 꼴 치워.

그러나 한마디도 대거리하지 않고 하염없이 나가는 꼴을 보려니, 도리어 측은히 여겨졌다. 아직도 서름서름한 사인데 너무 과하지 않았을까 하고 마음이 섬뜩해졌다. 주제도 넘지, 같은 술손님이면서도 아무리 젊다고 자식 낳게 되는 것을 붙들고 치고 닦아세울 것은 무어야, 원. 충줏집은 입술을 쫑긋하고 술 붓는 솜씨도 거칠었으나, 젊은 애들한테는 그것이 약이 된다나 하고 그 자리는 조 선달이 얼버무려 넘겼다. 너 녀석한테 반했지? 애숭이를 빨면 죄 된다. 한참 법석을 친 후이다. 담도 생긴데다가 웬일인지 흠뻑 취해 보고 싶은 생각도 있어서 허 생원은 주는 술잔이면 거의 다 들이켰다. 거나해짐을 따라 계집 생각보다도 동이의 뒷일이 한결같이 궁금해졌다. 내 꼴에 계집을 가로채서는 어떡할 작정이었누 하고 어리석은 꼬락서니를 모질게 책망하는 마음도 한편에 있었다. 그러기 때문에 얼마나 지난 뒤인지 동이가 헐레벌떡거리며 황급히 부르러 왔을 때에는, 마시던 잔을 그 자리에 던지고 정신없이 허덕이며 충줏집을 뛰어나간 것이었다.

"생원 당나귀가 바를 끊구 야단이에요."

"각다귀들 장난이지 필연코."

짐승도 짐승이려니와 동이의 마음씨가 가슴을 울렸다. 뒤를 따라 장판을 달음질하려니 거슴츠레한 눈이 뜨거워질 것 같다.

"부락스런 녀석들이라 어쩌는 수 있어야죠."

"나귀를 몹시 구는 녀석들은 그냥 두지는 않는걸."

반평생을 같이 지내 온 짐승이었다. 같은 주막에서 잠자고, 같은 달빛에 젖으면서 장에서 장으로 걸어다니는 동안에 이십 년의 세월이 사람과 짐승을 함께 늙게 하였다. 가스러진 목 뒤 털은 주인의 머리털과도 같이 바스러지고, 개진개진 젖은 눈은 주인의 눈과 같이 눈곱을 흘렸다. 몽당비처럼 짧게 쓸리운 꼬리는, 파리를 쫓으려고 기껏 휘저어 보아야 벌써 다리까지는 닿지 않았다. 닳아 없어진 굽을 몇 번이나 도려내고 새 철을 신겼는지 모른다. 굽은 벌써 더 자라나기는 틀렸고 닳아 버린 철 사이로는 피가 빼짓이 흘렀다. 냄새만 맡고도 주인을 분간하였다. 호소하는 목소리로 야단스럽게 울며 반겨한다.

어린아이를 달래듯이 목덜미를 어루만져 주니 나귀는 코를 벌름거리고 입을 투르르거렸다. 콧물이 튀었다. 허 생원은 짐승 때문에 속도 무던히는 썩였다. 아이들의 장난이 심한 눈치여서 땀 배인 몸뚱어리가 부들부들 떨리고 좀체 흥분이 식지 않는 모양이었다. 굴레가 벗어지고 안장도 떨어졌다. 요 몹쓸 자식들, 하고 허 생원은 호령을 하였으나 패들은 벌써 줄행랑을 논 뒤요 몇 남지 않은 아이들이 호령에 놀라 비슬비슬 멀어졌다.

"우리들 장난이 아니우. 암놈을 보고 저 혼자 발광이지."

코흘리개 한 녀석이 멀리서 소리를 쳤다.

"고 녀석 말투가."

"김 첨지 당나귀가 가 버리니까 왼통 흙을 차고 거품을 흘리면서 미친 소같이 날뛰는걸. 꼴이 우스워 우리는 보고만 있었다우. 배를 좀 보지."

아이는 앵돌아진 투로 소리를 치며 깔깔 웃었다. 허 생원은 모르는 결에 낯이 뜨거워졌다. 뭇 시선을 막으려고 그는 짐승의 배 앞을 가려 서지 않으면 안 되었다.

"늙은 주제에 암내를 내는 셈야, 저놈의 짐승이."

아이의 웃음소리에 허 생원은 주춤하면서 기어코 견딜 수 없어 채찍을 들더니 아이를 쫓았다.

"쫓으려거든 쫓아 보지. 왼손잡이가 사람을 때려."

줄달음에 달아나는 각다귀에는 당하는 재주가 없었다. 왼손잡이는 아이 하나도 후릴 수 없다. 그만 채찍을 던졌다. 술기도 돌아 몸이 유난스럽게 화끈거렸다.

"그만 떠나세. 녀석들과 어울리다가는 한이 없어. 장판의 각다귀들이란 어른보다도 더 무서운 것들인걸."

조 선달과 동이는 각각 제 나귀에 안장을 얹고 짐을 싣기 시작하였다. 해가 꽤 많이 기울어진 모양이었다.

드팀전 장돌이를 시작한 지 이십 년이나 되어도 허 생원은 봉평 장을 빼논 적은 드물었다. 충주 제천 등의 이웃 군에도 가고, 멀리 영남 지방도 헤매이기는 하였으나 강릉쯤에 물건 하러 가는 외에는 처음부터 끝까지 군내를 돌아다녔다. 닷새만큼씩의 장날에는 달보다도 확실하게 면에서 면으로 건너간다. 고향이 청주라고 자랑삼아 말하였으나 고향에 돌보러 간 일도 있는 것 같지는 않았다. 장에서 장으로 가는 길의 아름다운 강산이 그대로 그에게는 그리운 고향이었다. 반날 동안이나 뚜벅뚜벅 걷고 장터 있는 마을에 거지반 가까웠을 때, 거친 나귀가 한바탕 우렁차게 울면―더구나 그것이 저녁녘이어서 등불들이 어둠 속에 깜박거릴 무렵이면 늘 당하는 것이건만 허 생원은 변치 않고 언제든지 가슴이 뛰놀았다.

젊은 시절에는 알뜰하게 벌어 돈푼이나 모아 본 적도 있기는 있었으나, 읍내에 백중이 열린 해 호탕스럽게 놀고 투전을 하고 하여 사흘 동안에 다 털어 버렸다. 나귀까지 팔게 된 판이었으나 애끓는 정분에 그것만은 이를 물고 단념하였다. 결국 도로아미타불로 장돌이를 다시 시작할 수밖에는 없었다. 짐승을 데리고 읍내를 도망해 나왔을 때에는 너를 팔지 않기 다행이었다고 길가에서 울면서 짐승의 등을 어루만졌던 것이었다. 빚을 지기 시작하니 재산을 모을 염은 당초에 틀리고 간신히 입에 풀칠을 하러 장에서 장으로 돌아다니게 되었다.

호탕스럽게 놀았다고는 하여도 계집 하나 후려 보지는 못 하였다. 계집이란 좀 쌀쌀하고 매정한 것이었다. 평생 인연이 없는 것이라고 신세가 서글퍼졌다. 일신에 가까운 것이라고는 언제나 변함없는 한 필의 당나귀였다.

그렇다고는 하여도 꼭 한 번의 첫 일을 잊을 수는 없었다. 뒤에도 처음에도 없는 단 한 번의 괴이한 인연! 봉평에 다니기 시작한 젊은 시절의 일이었으나 그것을 생각할 적만은 그도 산 보람을 느꼈다.

달밤이었으나 어떻게 해서 그렇게 됐는지 지금 생각해도 도무지 알 수는 없었다.

허 생원은 오늘 밤도 또 그 이야기를 끄집어내려는 것이다. 조 선달은 친구가 된 이래 귀에 못이 박히도록 들어 왔다. 그렇다고 싫증을 낼 수도 없었으나 허 생원은 시침을 떼고 되풀이할 대로는 되풀이하고야 말았다.

"달밤에는 그런 이야기가 격에 맞거든."

조 선달 편을 바라는 보았으나 물론 미안해서가 아니라 달빛에 감동하여서였다. 이지러는 졌으나 보름을 가제 지난 달은 부드러운 빛을 흐붓이 흘리고 있다. 대화까지는 칠십 리의 밤길, 고개를 둘이나 넘고 개울을 하나 건너고 벌판과 산길을 걸어야 된다. 달은 지금 긴 산허리에 걸려 있다. 밤중을 지난 무렵인지 죽은 듯이 고요한 속에서 짐승 같은 달의 숨소리가 손에 잡힐 듯이 들리며, 콩포기와 옥수수 잎새가 한층 달에 푸르게 젖었다. 산허리는 온통 메밀밭이어서 피기 시작한 꽃이 소금을 뿌린 듯이 흐뭇한 달빛에 숨이 막힐 지경이다. 붉은 대궁이 향기같이 애잔하고 나귀들의 걸음도 시원하다. 길이 좁은 까닭에 세 사람은 나귀를 타고 외줄로 늘어섰다. 방울 소리가 시원스럽게 딸랑딸랑 메밀밭께로 흘러간다. 앞장선 허 생원의 이야기 소리는 꽁무니에 선 동이에게는 확적히는 안 들렸으나, 그는 그대로 개운한 제멋에 적적하지는 않았다.

"장 선 꼭 이런 날 밤이었네. 객줏집 토방이란 무더워서 잠이 들어야지. 밤중은 돼서 혼자 일어나 개울가에 목욕하러 나갔지. 봉평은 지금이나 그제나 마찬가지나 보이는 곳마다 메밀밭이어서 개울가가 어디 없이 하얀 꽃이야. 돌밭에 벗어도 좋을 것을, 달이 너무도 밝은 까닭에 옷을 벗으러 물방앗간으로 들어가지 않았나. 이상한 일도 많지. 거기서 난데없는 성 서방네 처녀와 마주쳤단 말이네. 봉평서야 제일가는 일색이었지."

"팔자에 있었나 부지."

아무렴 하고 응답하면서 말머리를 아끼는 듯이 한참이나 담배를 빨 뿐이었다.

구수한 자줏빛 연기가 밤기운 속에 흘러서는 녹았다.

"날 기다린 것은 아니었으나 그렇다고 달리 기다리는 놈팽이가 있는 것두 아니었네. 처녀는 울고 있단 말야. 짐작은 대고 있었으나 성 서방네는 한창 어려워서 들고날 판인 때였지. 한 집안 일이니 딸에겐들 걱정이 없을 리 있겠나. 좋은 데만 있으면 시집도 보내련만 시집은 죽어도 싫다지… 그러나 처녀란 울 때같이 정을 끄는 때가 있을까. 처음에는 놀라기도 한 눈치였으나 걱정 있을 때는 누그러지기도 쉬운 듯해서 이럭저럭 이야기가 되었네… 생각하면 무섭고도 기막힌 밤이었어."

"제천 연지로 줄행랑을 놓은 건 그 다음 날이었나?"

"다음 장도막에는 벌써 온 집안이 사라진 뒤였네. 장판은 소문에 발끈 뒤집혀 고작해야 술집에 팔려가기가 상수라고 처녀의 뒷공론이 자자들 하단 말이야. 제천 장판을 몇 번이나 뒤졌겠나. 하나 처녀의 꼴은 꿩 궈 먹은 자리야. 첫날 밤이 마지막 밤이었지. 그때부터 봉평이 마음에 든 것이 반평생을 두고 다니게 되었네. 평생인들 잊을 수 있겠나."

"수 좋았지. 그렇게 신통한 일이란 쉽지 않어. 항용 못난 것 얻어 새끼 낳고, 걱정 늘고 생각만 해두 진저리 나지… 그러나 늘그막바지까지 장돌뱅이로 지내기도 힘드는 노릇 아닌가? 난 가을까지만 하구 이 생애와두 하직하려네. 대화쯤에 조그만 전방이나 하나 벌이구 식구들을 부르겠어. 사시장철 뚜벅뚜벅 걷기란 여간이래야지."

"옛 처녀나 만나면 같이나 살까… 난 거꾸러질 때까지 이 길 걷고 저 달 볼 테야."

산길을 벗어나니 큰길로 틔어졌다. 꽁무니의 동이도 앞으로 나서 나귀들은 가로 늘어섰다.

"총각두 젊겠다, 지금이 한창 시절이렷다. 충줏집에서는 그만 실수를 해서 그 꼴이 되었으나 섧게 생각 말게."

"처 천만에요. 되려 부끄러워요. 계집이란 지금 웬 제격인가 요. 자나깨나 어머니 생각뿐인데요."

허 생원의 이야기로 실심해한 끝이라 동이의 어조는 한풀 수 그러진 것이었다.

"애비 에미란 말에 가슴이 터지는 것도 같았으나 제겐 아버 지가 없어요. 피붙이라고는 어머니 하나뿐인걸요."

"돌아가셨나?"

"당초부터 없어요."

"그런 법이 세상에."

생원과 선달이 야단스럽게 껄껄들 웃으니, 동이는 정색하고 우길 수밖에는 없었다.

"부끄러워서 말하지 않으려 했으나 정말예요. 제천 촌에서 달 도 차지 않은 아이를 낳고 어머니는 집을 쫓겨났죠. 우스운 이야기나, 그러기 때문에 지금까지 아버지 얼굴도 본 적 없고, 있는 고장도 모르고 지내 와요."

고개가 앞으로 놓인 까닭에 세 사람은 나귀를 내렸다. 둔덕은 험하고 입을 벌리기도 대근하여 이야기는 한동안 끊겼다. 나귀는 건듯하면 미끄러졌다. 허 생원은 숨이 차 몇 번이고 다리를 쉬지 않으면 안 되었다. 고개를 넘을 때마다 나이가 알렸다. 동이 같은 젊은 축이 그지없이 부러웠다. 땀이 등을 한바탕 쪽 씻어 내렸다.

고개 너머는 바로 개울이었다. 장마에 흘러 버린 널다리가 아직도 걸리지 않을 채로 있는 까닭에 벗고 건너야 되었다. 고의를 벗어 띠로 등에 얽어매고 반벌거숭이의 우스꽝스런 꼴로 물속에 뛰어들었다. 금방 땀을 흘린 뒤였으나 밤 물은 뼈를 찔렀다.

"그래, 대체 기르긴 누가 기르구?"

"어머니는 하는 수 없이 의부를 얻어 가서 술장사를 시작했죠. 술이 고주래서 의부라고 전망나니예요. 철들어서부터 맞기 시작한 것이 하룬들 편한 날 있었을까. 어머니는 말리다가 채고 맞고 칼부림을 당하곤 하니 집 꼴이 무어겠소. 열여덟 살 때 집을 뛰어나와서부터 이 짓이죠."

"총각 낫세론 섬이 무던하다고 생각했더니 듣고 보니 딱한 신세로군."

물은 깊어 허리까지 찼다. 속 물살도 어지간히 센데다가 발에 채는 돌멩이도 미끄러워 금시에 훌칠 듯하였다. 나귀와 조 선달은 재빨리 거의 건넜으나 동이는 허 생원을 붙드느라고 두 사람은 훨씬 떨어졌다.

"모친의 친정은 원래부터 제천이었던가?"

"웬걸요, 시원스리 말은 안 해 주나 봉평이라는 것만은 들었죠."

"봉평? 그래 그 아비 성은 무엇인구?"

"알 수 있나요. 도무지 듣지를 못 했으니까."

"그 그렇겠지."

하고 중얼거리며 흐려지는 눈을 까물까물하다가 허 생원은 경망하게도 발을 빗디디었다. 앞으로 고꾸라지기가 바쁘게 몸째 풍덩 빠져 버렸다. 허비적거릴수록 몸을 걷잡을 수 없어 동이가 소리를 치며 가까이 왔을 때에는 벌써 퍽으나 흘렀었다. 옷째 쫄짝 젖으니 물에 젖은 개보다도 참혹한 꼴이었다. 동이는 물속에서 어른을 해깝게 업을 수 있었다. 젖었다고는 하여도 여윈 몸이라 장정 등에는 오히려 가벼웠다.

"이렇게까지 해서 안됐네. 내 오늘은 정신이 빠진 모양이야."

"염려하실 것 없어요."

"그래 모친은 아비를 찾지는 않는 눈치지?"

"늘 한 번 만나고 싶다고는 하는데요."

"지금 어디 계신가?"

"의부와도 갈라져 제천에 있죠. 가을에는 봉평에 모셔 오려고 생각 중인데요. 이를 물고 벌면 이럭저럭 살아갈 수 있겠죠."

"아무렴, 기특한 생각이야. 가을이랬다?"

동이의 탐탁한 등허리가 뼈에 사무쳐 따뜻하다. 물을 다 건넜을 때에는 도리어 서글픈 생각에 좀 더 업혔으면도 하였다.

"진종일 실수만 하니 웬일이오, 생원."

조 선달은 바라보며 기어코 웃음이 터졌다.

"나귀야. 나귀 생각하다 실족을 했어. 말 안 했던가. 저 꼴에 제법 새끼를 얻었단 말이지. 읍내 강릉집 피마에게 말일세. 귀를 쫑긋 세우고 달랑달랑 뛰는 것이 나귀 새끼같이 귀여운 것이 있을까. 그것 보러 나는 일부러 읍내를 도는 때가 있다네."

"사람을 물에 빠치울 젠 딴은 대단한 나귀 새끼군."

허 생원은 젖은 옷을 웬만큼 짜서 입었다. 이가 덜덜 갈리고 가슴이 떨리며 몹시도 추웠으나 마음은 알 수 없이 둥실둥실 가벼웠다.

"주막까지 부지런히들 가세나. 뜰에 불을 피우고 훗훗이 쉬어. 나귀에겐 더운 물을 끓여 주고. 내일 대화 장 보고는 제천이다."

"생원도 제천으로?"

"오래간만에 가 보고 싶어. 동행하려나, 동이?"

나귀가 걷기 시작하였을 때 동이의 채찍은 왼손에 있었다. 오 랫동안 아둑시니같이 눈이 어둡던 허 생원도 요번만은 동이의 왼손잡이가 눈에 띄지 않을 수 없었다.

걸음도 해깝고 방울 소리가 밤 벌판에 한층 청청하게 울렸다.

달이 어지간히 기울어졌다.

# 열여덟
# 동이

윤 혜 숙

동이는 등짐을 한번 들썩이고는 깊게 숨을 들이마셨다. 석
달 만에 돌아온 집이었다.

　"집구석 꼬락서니 하고는. 이러니 집에 오고 싶겠냐고. 서방
은 죽어 나가도 눈썹 하나 까딱 안 하면서, 동이 놈을 위해 치
성까지 올린단 말이지."

　의붓아비 용득의 말소리와 함께 사발 하나가 문살을 뚫고 날
아왔다. 정화수를 담았던 사발은 마당 한복판에서 산산조각
났다. 제천댁이 아무 반응을 안 한 데 더 열불이 나는지 이번에
는 밥상 엎어지는 소리가 났다.

　"죽자 살자 끼고 살더니… 꼴좋다. 아비를 찾는다고? 여적 키
워 준 은공도 모르는 불효막심한 놈. 내 눈에 띄기만 해 봐. 다
리몽둥이를 작신 분질러 버릴 테니까."

　동이는 저도 모르게 어깨를 옹송거렸다. 피 한 방울 안 섞여
도 아비 아들로 엮인 인연이 어딘데 하는 말이 뒤이어 들렸다.

용득이 친아버지가 아닌 것을 알고 난 이후 동이는 가슴에 불을 담고 사는 것 같았다.

"애를 쫓아낸 건 당신이잖아요? 말끝마다 본데없는 놈이라고, 키워 줬으면 제 밥벌이는 해야 한다고 대구 닦달한 건 누군데, 이제 와서 그런 애먼 말을 한대요?"

악에 받친 제천댁의 목소리가 가늘게 떨렸다. 지난 석 달간 어미가 용득한테 얼마나 시달렸을지 눈에 보듯 뻔했다.

"어데서 말대꾸야? 네년이 날 우습게 여기니까 동이 놈도 그런 거잖아?"

발길질이 시작됐는지 낮은 흐느낌이 문틈으로 새어 나왔다. 의붓아비가 할 줄 아는 거라고는 주먹질과 노름질밖에 없었다. 힘으로야 그깟 중늙은이 단번에 메다꽂을 수 있지만 동이는 귀를 틀어막고 입술을 깨물었다. 당장이라도 제천댁을 저 방에서 끌어내고 싶었다. 저런 개차반을 서방이라 믿고 사는 어미가 가엾다가도 미웁스러웠고 원망스럽다가도 불쌍했다.

'뭐가 애닳아서 저런 사람한테 매여 사는지 모르겠소?'

동이는 눈물 삼키듯 목안으로 그 말을 꾹 눌렀다. 외간 남자와는 눈도 못 맞출 만큼 숫기 없는 어미가 장터에서 술장사를 하는 것도, 지분대는 사내들의 농지거리를 받아내는 것도 다 자기 때문이라는 것을 알기 때문이었다.

그런 어미 앞에서 동이가 할 수 있는 일은 불뚝대며 씩씩거리는 것 말고는 없었다.

"어매는 아부지가 원망스럽지 않소?"

"다 제가 지은 대로 사는 법이니까, 죄닦음이라고 여기면 마음 편해. 어미는 너만 있음 괜찮다."

그때마다 어미는 동이의 어깨를 쓸어내리며 혼잣말처럼 웅얼거렸다. 말이 씨 된다더니 어미는 정말 개도 안 물어 간다는 팔자에 묶여 모진 세월을 살았다. 동이는 농으로라도 아비라는 말을 입에 올리지 않았다.

황급히 방에서 뛰쳐나오는 어미와 눈이 마주쳤다. 어미의 민망해하는 얼굴을 보지 않으려고 동이는 일부러 평상에 소리 나게 짐을 부렸다. 한두 해 본 것도 아닌데 속이 쓰리다 못해 부글부글 끓었다.

"이번엔 어디까지 갔다 왔나? 예까지 오려면 대구 걷기만 했을 테니 아직 빈속이지? 얼른 밥상 차리마."

제천댁은 헝클어진 머리를 쓸어 넘기고 옷매무새를 가다듬었다. 그제야 동이는 국밥 냄새가 나지 않는다는 걸 알아챘다. 의붓아비 등쌀에 장사는커녕 땟거리에 신경 쓸 짬도 없었을 터였다.

"그깟 한 끼가 무슨 대수라고. 지금 어매 몰골이 우짠지 알기나 하우?"

동이는 괜히 성질을 돋우었다. 이 상황에서도 아들의 주린 배 걱정을 하는 마음을 알면서도 속에서 시뻘건 불덩이가 올라왔다.

동이는 일어서며 탈탈 바지를 털어내며 등짐에서 마른 미역한 축을 꺼냈다.

"생신이 며칠 안 남았더라고요. 이거 전해 드리려고 들렀어요."

왼손에 들려진 미역을 내려다보는 제천댁의 눈가가 촉촉해졌다.

'그 사람도 왼손잡이였는데.'

울컥 솟는 감정을 들키고 싶지 않다는 듯 제천댁이 고개를 떨궜다. 동이가 장돌뱅이가 된 것도 얼른 돈 벌어 어미랑 함께 살려는 이유 때문이라는걸, 궂은 자기 팔자 때문에 동이 인생까지 신산하게 만든 것 같아 안타깝고 죄스러웠다. 잡아야 한다는 마음만 앞설 뿐 좀체 입이 떨어지지 않는지 제천댁은 다시 등짐을 둘러메는 동이에게 다가섰다.

"이렇게 보내면 어미 마음이 내내 편치 않은데…"

울먹이는 제천댁의 말에 동이는 마지못해 평상 위에 주저앉았다.

"모자 상봉이 눈물 나누만. 낳은 정보다 기른 정이라는데…

이 아비한테도 뭐 줄 것 없냐? 나는 엽전 몇 푼이면 되는데."

언제 나왔는지 의붓아비가 맨발을 고무신에 욱여넣으며 이죽거렸다.

동이는 께끄름한 마음을 감추고 의붓아비에게 고개를 까닥했다. 어쨌든 어미와 함께 사는 사람이었다. 동이는 속주머니에서 꺼낸 지전 한 장을 내밀었다. 냅다 지전을 가로챈 의붓아비는 못내 아쉬운 듯 동이 손에서 눈을 떼지 못했다.

"막걸리 한 잔 값도 안 되겠구먼. 너들만 억울한 거 아녀. 나도 살기 힘들다고."

콧등을 실룩대며 의붓아비가 동이 어깨를 세게 치며 지나갔다. 시큼한 냄새가 코를 찔렀다.

동이가 다섯 살 되던 해 용득이 집에 들어왔다. 용득은 방에 들어오자마자 제 집인 양 아랫목에 드러누웠다. 숨을 쉴 때마다 역한 술 냄새와 찌든 땀 냄새가 풍기는 사내를 가리키며 제천댁은 "아부지다. 잘해 드려야 한다." 그랬다. 그 후 의붓아비 용득의 더부살이가 시작되었다. 밤낮없이 돈 내놓으라 어미를 들볶고 살림살이를 부숴뜨리다가도 주머니가 두둑해지면 온다 간다 말도 없이 사라졌다. 의붓아비나 자기나 한 곳에 마음못 붙이고 떠돌이 신세인 것은 도긴개긴이긴 했다. 자기한테서도 한뎃잠 자는 처량한 냄새가 날까 싶어 동이는 잔뜩 몸을 움

츠렸다.

"쪼매만 기다려라. 금방 국수 말아 올 테니."

동이 눈을 피하며 제천댁이 부엌으로 걸음을 옮겼다. 어디가
결리는지 제천댁의 몸이 휘청거렸다. 동이는 눈가를 소맷부리로
훔쳤다. 국수를 어미 앞에서 제대로 먹어 낼 자신이 없었다. 동
이는 주섬주섬 자리에서 일어섰다.

*

이런저런 생각에 속 시끄러웠지만 동이는 걸음을 빨리했다.
어둡기 전에 감악산을 넘을 생각이었다. 원주 화개 장터까지 닿
으려면 시간이 빠듯했다.

장터 골목을 빠져나와 막 가막재 아랫마을로 접어들 때였다.
갑자기 시커먼 덩이가 달려오더니 다짜고짜 동이를 덮쳤다. 정
신 차릴 틈도 없이 동이 몸으로 주먹세례가 쏟아졌다. 동이는
눈을 질끈 감았다. 난데없는 발길질에 짓이겨진 옆구리가 욱신
거렸지만 신음조차 내지 않았다. 의붓아비의 매질을 감당하던
어미가 떠오르자 몸에서 힘이 쭉 빠져나갔다.

"네가 널 내쫓았냐? 진짜 그러냐고?"

동이 먹살을 틀어쥐며 철구가 소리쳤다.

"너 땜에 집 나간 거 아냐. 그럼 됐지?"

"난 안 됐거든. 아비 없는 자식이라고 놀린 게 나 혼자도 아니고 이 동네 사람치고 너네 집 사연 모르는 사람 있냐."

동이는 대거리할 마음도 맞장 뜰 기운도 없었다. 되레 흠씬 두들겨 맞으니 원망도, 설움도 다 걷히는 기분이었다. 치켜든 주먹을 슬며시 거둔 철구가 제풀에 바닥에 널브러졌다. 씩씩대는 숨소리가 가깝게 들렸다. 산 너머로 해거름이 밀려오고 있었다.

한참 만에 몸을 일으킨 동이는 발치에 나뒹구는 등짐을 끌어당겼다.

"이게 뭐 하는 짓이냐? 심부름 보냈더니 고새 또 쌈박질이나 하고."

고함소리에 철구가 벌떡 일어났다. 허리에 손을 얹고 헉헉거리는 건 철구 어멈이었다.

"이 자식도 나 땜에 집 나간 거 아니라고 했다고요. 어매는 알지도 못 하면서 맨날 나만 잡고!"

철구의 투덜거림이 부아를 돋운 건지 철구 어멈은 철구 등짝을 수차례 내갈겼다.

"하룻밤이라도 자고 가지 벌써 집 나선 거냐? 네 에미가 목 빼고 널 기다리던 눈치던데. 안 그래도 니한테 할 말 있었는데 잠깐 들어가자."

철구 어멈이 그렇게 나오는 데는 동이도 어쩔 수 없었다. 옆에서 걷던 철구가 팔을 치며 장난을 걸었다. 쇠부리말이 고향이라는 철구 어멈과 제천댁은 타향살이 처지에다 엇비슷한 나이 때문에 형님 아우 하며 가깝게 지냈다. 의붓아비가 수상한 낌새만 보여도 제천댁은 동이를 철구네 주막에 숨어 있으라고 등을 밀었다. 자연스레 동갑내기 철구와 동이는 형제처럼 어울려 자랐다.

주막에 들어서자 철구가 코를 벌름거렸다.

"동이 왔는데 지짐이 안 부치나?"

"밉다 밉다 하니까… 안 그래도 동이 올라 그랬나 아침부터 술국에서 기름 냄새가 나더니만. 마침 캐 놓은 감자도 있으니 내 얼른 한 판 부쳐 내오마."

감자꽃이 메밀꽃처럼 대단했다는 동네에서 자란 철구 어멈이 강판에 간 여름 감자와 언 감자로 낸 감자 가루로 만든 감자전이라면 동이도 한자리에서 서너 판은 먹어치웠다.

이내 주막 안이 고소한 냄새로 가득했다. 돼지비계를 두르고 가마솥 뚜껑에 구워 낸 감자전을 보는 순간 동이는 저도 모르게 군침을 삼켰다.

"장돌이는 할 만하냐?"

"그저 그렇죠 뭐."

철구가 냉큼 감자부침개를 입에 집어넣으며 우물댔다.

"그렇게 싸돌아댕기면 친아부지 비슷한 사람 만날지도 모르겠네. 혹시 비슷한 사람 못 봤어?"

철구가 기름 묻은 손을 앞섶에 쓱쓱 닦으며 동이 옆에 바짝 붙어 앉았다.

"그 사람을 왜 찾아? 난 아부지 같은 거 필요 없어."

동이의 목울대가 불룩댔다. 찾겠다는 마음이 없어서인지 경기도와 충청도, 가까운 강원도 장터까지 죄 돌아다녔지만 아비 비슷한 사람도, 그런 사람을 안다는 장돌뱅이도 만나지 못했다.

철들기 전만 해도 동이는 동무들이 아비 없는 후레자식이라고 놀릴 때마다 머지않아 양복에 맥고모자, 파이프 담배를 문 멋진 아비가 나타날 거라고 믿었다. 그게 헛꿈이라는 걸 아는 데는 오래 걸리지 않았지만.

"그래 말하면 안 된다. 니가 어데서 태어났겠노? 네 어미 팔자도 참 얄궂지, 하필이면 그런 사내를…."

"어무이도 참, 입맛 떨어지게 그런 얘기를 왜 해?"

내내 깨작거리는 동이를 흘낏 보며 철구 어멈이 국자로 반죽을 짓이겼다.

"가끔 아지매가 우리 집에 들러 봐 주세요. 의붓아버지 오면 굶다시피 하는 모양이던데."

"니 어매도 참 미련스럽다. 니 집 나간 후 주먹질이 더 심해진 것 같더만. 너도 이제 제 앞가림할 나이도 됐으니께 어매 데불고 밤도망이라도 쳐라. 딴 여편네 같으면 너 죽고 나 죽자 진즉에 사단이 났을 거다. 참, 서천이랑은 헤어졌담서?"

하나마나한 이야기다 싶었는지 철구 어멈이 얼른 말꼬리를 돌렸다.

"괜히 아재한테 걸리적거리는 것 같기도 하고, 석 달 따라 댕겨 보니 웬만큼 장사수완도 생겨서요. 어무이랑 살 집이라도 한 칸 마련하려면 빨리…."

동이는 빨리 돈 벌어야 하는데, 서천 아재와 벌이를 나누는 게 성에 차지 않다는 말까지는 하지 않았다.

서천 아재는 철구의 외삼촌 되는 이였다. 타고난 장돌뱅이인 그는 전국 장터를 누비다가도 어김없이 부모 제사에 맞춰 철구네 집에 왔다. 외아들이지만 떠돌이 처지라 제사상은 누나인 철구 어멈한테 맡기고 있었다.

올봄이었다. 술장사에 따로 봄가을이 있는 건 아니었지만 산짐승까지 등가죽이 배에 달라붙는 보릿고개가 유난해서 제천댁도 외상으로 근근이 장사를 이어가고 있었다. 겨울 내내 코빼기도 보이지 않던 의붓아비가 거지꼴로 나타나 돈 내놓으라고 한바탕 분탕질을 하고 마실 나간 후였다. 부러진 상다리를 어떻게든 맞춰 보려고 안간힘을 쓰는 제천댁을 보며 동이가 불쑥 물었다.

"어디라도 도망가서 살면 안 되나?"

"아배 너무 미워하지 마라. 어미한테는 생명의 은인이나 진배 없다."

"어매 목숨이라도 구해 줬다는 말이우?"

동이의 볼살이 실룩댔다.

"널 임신하고 집에서 쫓겨나 무작정 찾아 들어간 주막에서 그만 정신을 잃었던가 보더라. 간신히 이틀 후에 깨어났는데, 송장 치우는 줄 알았다며 길길이 날뛰는 주모한테 밥값에 방값까지 치르고 제천 여기로 가 보라고 한 게 그 사람이다. 죽을 두 목숨을 구해 준 은혜를 생각하면 무슨 해코지를 해도 참아야지 싶지 원망은 하나도 없다. 그분도 살아 있으면 언젠가 한 번은 부딪치지 않겠냐?"

제천댁의 담담한 말투에 동이는 입을 다물었다.

아침에 들고 나간 돈을 동네 주막에서 다 날렸는지 의붓아비가 도망치듯 집으로 숨어든 것은 새벽 어스름 때였다. 잠결에 제천댁은 방으로 들이닥친 황소바람에 잠이 깼고, 동이는 문짝 부서지는 소리에 벌떡 일어났다. 의붓아비는 다짜고짜 고리짝을 뒤졌고 아무것도 나오지 않자 당장 돈을 갖고 가지 않으면 빚쟁이한테 주막이 넘어갈 판이라며 제천댁을 닦아세웠다. 제천댁이 없는 돈을 어디에서 만들어 오냐며, 이젠 돈 꿔 줄 이웃도 없다고 하자 의붓아비는 정지에 칼을 들고 나왔다. 어미 목에 칼을 들이대자 동이가 의붓아비 쪽으로 몸을 날렸다. 어미가 엎어지고 칼은 방바닥에 꽂히듯 떨어졌다. 너 죽고 나 죽자 싶으니 눈에 뵈는 게 없었다. 구질구질하게 사느니 모든 걸 끝장내고 싶었다. 그때 누군가 동이를 막아섰다. 제사 지내고 새벽길 나선 서천 아재였다.

"미친놈을 상대로 뭘 어쩌겠다고? 젊은 혈기만 내세울 게 아니라 예서 어미를 구해낼 방법을 찾는 게 옳지, 어미 앞에서 초상 치를 거냐?"

살기등등한 동이의 팔목을 비틀어 잡고는 서천 아재가 무섭게 소리쳤다.

"개뿔 손에 쥔 게 있어야 뭐든 해 볼 거 아니에요. 아재가 뭘 안다고 끼어들어요? 여기서 우리 두 모자 죽든 말든 상관하지 말라고요."

"돈 벌 생각은 해 봤고?"

동이가 뭐라 대꾸할 틈도 없이 서천 아재는 다짜고짜 동이에게 등짐을 떠안겼다. 이대로 뒀다가는 뭔 사단이 벌어질지 모르겠다며 서천 아재는 자기를 따라다니라고 했다. 그게 올봄의 일이었다.

장사는 만만치 않았지만 신기하게도 재미났다. 손님들 비위 맞추는 게 배알 틀릴 정도로 못 참을 것도 아니었다.

"누님 말이 네 아비가 장돌뱅이 같다던데, 너도 네 아비의 역마살을 타고난 게 맞나 보다. 사람 다루는 재간이 예사 솜씨가 아닌 것도 그렇고."

어른한테 칭찬을 들어 본 게 난생 처음이라 어색하고 민망했지만 한편 몸속에 아비의 피가 흐르는 게 아닐까 하는 의심이 설핏 들기도 했다.

"어쨌든 아비 찾아 어매랑 살림 한데 합쳐라. 내 생각엔 니 아비 되는 사람은 니 태어난 줄도 모르는 게 아닌가 싶다. 장꾼이니 찾자고 마음먹으면 진즉에 찾았을 텐데 말이다."

철구 어멈이 한사코 잡았지만 동이는 마음이 급했다. 감악산을 넘어 원주 화개장터까지 가려면 서둘러 나서야 했다.


옥양목을 들었다 놨다, 삼베쪼가리를 쪼물락댈 뿐 좀체 주머니를 열지 않는 아낙까지 자리를 뜨자 동이도 주섬주섬 물건을 챙겼다. 돈 안 되는 구경꾼만 많았지, 파장 때까지 파리만 날렸다. 여름이 가까워 돈 좀 될까 싶어 서산까지 가서 외상으로 가져온 한산모시는 개시도 못 했다.

"오늘 장사도 공쳤구먼. 하여튼 화개장터에서는 한 번도 운발 좋았던 적이 없다니까."

벌써 옹기그릇을 높게 쌓은 지게를 짊어진 옹기 장수 장씨 아재가 투덜거렸다.

"그러게요. 아재는 어디로 가는데요?"

"난 대화로 건너갈라는데, 같이 안 갈라누?"

장사보다는 투전판을 더 기웃대는 장씨 아재였다. 짐 맡겨 놓고 밤샘 투전을 할 요량인 것을 동이도 빤히 알았다.

"저는 하루쯤 더 있으려고요. 내일은 무슨 수를 써서라도 외상값은 벌어 보려고요."

"선무당이 사람 잡는다 캤으니, 한번 잘해 보더라고."

장씨 아재가 동이 어깨를 두어 번 토닥였다. 국밥값에다 잠자리나 겨우 해결하는 벌이로 언제 큰돈 만들지 점점 자신이 없어졌다. 그렇다고 예서 접을 생각은 한 번도 해 본 적 없었다. 땅뙈기도 없으니 농사지을 것도 아니고 밑천 없이 몸으로 돈 벌 수 있는 것으로는 장사만 한 게 없기도 했다.

"동이, 오랜만이군."

어깨 너머로 긴 그림자가 드리웠다. 석 달 만에 보는 서천 아재였다. 경기도 장터에 있을 거라고 막연히 생각은 했지만 이렇게 만날 줄은 몰랐다. 피붙이를 만난 듯 반가웠다.

"누님이 여기 어디 있을 거라고 하더니만 헛걸음은 면했네."

철구네 주막에 들러 동이 있을 만한 장터를 미리 알고서 온 듯한 말투였다. 할 말도 있고 오랜만에 회포나 풀자는 말에 동이는 군말 없이 뒤를 따랐다. 장꾼들이 빠져나간 장터는 한낮의 시끌벅적함이 무색할 만큼 썰렁했다. 장터 골목 끄트머리에 있는 국밥집 안으로 서천 아재가 성큼 걸어 들어갔다. 이른 시간이라 주막 안은 주모뿐이었다. 서천 아재는 너른 방은 거들 떠보지도 않고 뒤꼍 작은 토방으로 가져 달라며 국밥과 막걸리 한 동이를 주문했다.

짐을 부리며 서천 아재는 동이에게 이제는 장돌뱅이 품새가 제대로 난다며 안 하던 농까지 했다. 동이는 칭찬 같아 히죽 웃으며 어깨를 쑤석였다. 국밥이 반쯤 남았을 때 서천 아재가 동이를 건너다보며 입을 뗐다.

"어매 고향이 봉평이라고 했제?"

"그럴 거예요. 무슨 사연인지 메밀국수, 메밀 부꾸미는 입에도 대지 않으셨지만요."

긴한 얘기라도 되는 듯 서천 아재가 잔뜩 뜸을 들였다. 나오지 않는 헛기침도 거푸해 댔다.

"장터에서 몇 번 부딪친 적이 있는 장꾼이 있는데, 그 사람이 이상한 얘기를 하더라고."

동이는 서천 아재가 예까지 찾아온 데는 그만한 이유가 있을 거라는 짐작으로 무심한 척 술잔을 입에 갖다 댔다. 술이라면 의붓아비 때문에 진저리를 쳤지만 마땅히 집어 들 게 없었다.

"그날은 아침에 예쁜 아지매가 마수걸이를 해 줘서 그런가 파장 전에 꽤 수입이 올라 모처럼 기분이 좋았지. 술 한잔 걸치고 회포도 풀 겸해서 여기 왔었지. 한잠 자고 소피보러 밖에 나오는데, 한 장꾼이 바로 마루 끝에 멀거니 앉아 있는 거야. 마침…."

무슨 생각에서인지 서천 아재가 엉덩이를 들고는 방문을 열었다. 산모기가 저녁이면 더 기승을 부릴 때라 열린 문도 걸어 잠가야 할 판인데 별일이다 싶었다. 열린 문틈으로 제법 너른 밭에 감자꽃이 지천으로 피어 있는 게 보였다.

"그날도 딱 이랬어. 바람도 없는데 어스름한 저녁 빛에 감자꽃이 하얗게 꽃물결을 이루는 게 딱 봉평 메밀밭 같다면서 장꾼이 넋두리를 늘어놓는 거야. 봉평 장에 몇 번 다닌 적도 있고, 민숭민숭한데 같이 한잔하자는 장꾼의 말에 얼레벌레 어울리게 되었지."

서천 아재가 동이를 한 번 힐끗 쳐다보며 잔에 남은 술을 마저 따랐다. 무슨 이야기인데 이렇게 사설이 긴 걸까? 어미와 그 장꾼과 또 봉평과는 무슨 상관이 있다는 걸까? 동이는 눈을 껌

삑이며 서천 아재의 입만 쳐다보았다.

"봉평 장에서 허 생원이라는 장꾼과 어울려 하룻밤 같이 보내게 됐다는 거야. 새벽녘까지 술 두 동이를 다 비운 터라 잔뜩 술에 취한 허 생원이 자기 사연 좀 들어 달라며 이야기를 늘어놓더라는 거야. 너무 무더워 밤중에 개울가로 목욕하러 나갔는데, 달이 너무 밝더래. 알몸이 민망해서 옷 벗으러 물방앗간에 들어갔다는군. 거기서 처음 보는 동네 처녀와 하룻밤을 보냈다는 거야. 워낙 숫기가 없는 양반이라 그날 일이 아직도 꿈인 것만 같고, 잊지를 못 한다고. 그 양반도 참 딱하지. 부부의 연이 고작 하룻밤 풋사랑이라니."

"그 얘기가 저랑 무슨 상관인데요?"

동이가 눈을 되룩거렸다.

"그 처녀가 아무래도 아지매 같아서. 성씨가 흔한 성도 아니고."

서천 아재는 말끝을 흐리며 고개를 문 쪽으로 돌렸다. 해거름이 짙어지고 한낮의 열기도 꺾여 제법 선선한 바람이 불었다.

"그분은 그 처녀를 찾아보지도 않았대요?"

"왜 안 그랬겠냐? 허 생원이 바삐 찾아 나섰지만 그 처녀 식구가 줄행랑을 쳤다는 말만 들었다는구나. 장판에 그 처녀가 술집에 팔려갔을 거라는 소문이 나돌아서 제천 장판을 몇 번이나 뒤졌다고 하더라고. 너도 짚이는 데가 아주 없는 건 아니지?"

동이는 뒤통수를 세차게 얻어맞는 듯했다.

"그 장꾼을 만나려면 어떻게 해야 돼요?"

동이의 목소리가 떨렸다.

"글쎄다. 달포 전에 횡성으로 해서 대화까지 갈 거라고 했는데. 모레부터 대화 장이 서긴 한다만."

밤길은 위험하다며 한사코 붙잡는 서춘 아재의 손을 뿌리치고 동이는 바로 주막을 나섰다. 무슨 정신이었는지 모르겠다. 한참 후에야 동이는 자신이 낮은 구릉 속에 갇혀 있는 걸 알았다. 눈앞에 펼쳐지는 감자밭 앞에서 동이는 끝내 울음을 터뜨렸다.

*

감악고개 넘어 원주를 지나 대화까지 이틀을 꼬박 걸었다. 한낮이 가까워서인지 멀리서 장 보러 나온 사람들로 장터는 제법 북적거렸다. 동이는 짐 풀 생각도 안 하고 잠깐 다리쉼을 하는 장돌뱅이를 보면 달려가 막손이라는 장꾼을 아느냐고 물었다. 장터 끝에서 끝까지 돌았지만 오다가다 만나는 인연에 이름은 어찌 아냐고 되레 퉁박만 받았다. 동이는 서천 아재한테 막손의 고향이 어디인지 물어보지 않은 걸 후회했지만 어쩔 도리가 없었다. 지금이라도 등짐을 풀까 어쩔까, 내친김에 봉평까지 갈까 이런저런 생각으로 머릿속이 시끄러웠다.

"날 찾는다고? 애숭이인 걸 보니 노름빚 독촉하러 온 건 아닌 것 같고."

마흔 중반은 될 듯한 깡마르고 까무잡잡한 사내의 말투는 퉁명스러웠다. 얼떨결에 동이는 절부터 했다. 허 생원 얘기를 듣고 왔다는 말에 막손은 나무 그늘로 동이를 끌고 갔다. 뙤약볕을 피해 몇몇 장꾼들이 둘러앉아서 신세 한탄 섞어 두런두런 이야기를 나누고 있었다.

"어디 편찮으세요? 얼굴이 안돼 보이는데…."

막손은 아침에 허겁지겁 먹은 나물죽이 잘못됐는지 하루 종일 측간만 들락거렸다며 잔뜩 울상을 지었다. 동이는 등짐을 뒤져 꼬깃꼬깃한 약봉지를 꺼냈다.

"워낙 잘 체하는 체질이라서… 어매가 챙겨 주신 거예요."

약봉지를 건네고 동이는 얼른 주막 쪽으로 달려가 표주박을 들고 왔다.

"초면에 이런 신세까지 지고 면목이 없네만… 자네도 왼손잡이인가 보이. 허 생원도 그랬는데. 자세히 뜯어보니 어딘가 좀 닮은 것 같기도 하고."

막손이 동이 얼굴을 한참 들여다보며 약을 입에 털어 넣었다.

"허 생원이라는 분이 이번 봉평 장에 오실까요?"

"아마 그럴 테지. 그 친구 메밀밭이 온통 별빛을 흩뿌려 놓은 것 같다고, 방앗간에서의 연사를 밤새 질리도록 얘기했구먼."

막손이 잔뜩 이맛살을 구기며 고개를 절레절레 흔들었다.

"성 서방네 처녀는 그날 왜 물레방앗간에 갔대요?"

동이는 말소리를 죽이며 마른침을 꿀꺽 삼켰다.

"그거야 뭔 이유인지 모르제. 허 생원 말로는 울고 있었다 했는데 아무래도 제 처지가 서러워서 그랬겠지. 그맘때 성 서방네가 밀린 소작료 때문에 살림이 어려웠다는 소문이 파다하게 돌았다니까."

막손이 동이 눈이 부담스러운지 벌떡 일어나 나뭇잎을 한줌 훑었다. 입성이 좋아야 손님들도 좋게 본다며 막손은 고무신을 닦았다. 자주 손을 탔는지 고무신은 반들반들했다.

"그래도 울 것까지야 있나요? 살림 어려운 거야 하루 이틀 일도 아니었을 텐데."

"그야 그렇지."

"얼굴이 고왔다고 하니 전부터 마음에 둔 총각이 있었던 아닐까요?"

"그러지 않았던가 보던데, 성 서방이 혼사 자리를 찾아 준다 하면 시집은 죽어도 싫다고 했다고 하니께. 아무래도 그 동네에서 살기가 팍팍했던 건 확실해. 아무리 그래도 그 다음 날로 도망치듯 이사 갈 건 뭐람. 안 그랬음 어떻게든 허 생원이랑 다시 만났을 텐데. 안 그런가?"

남 일에 공연히 미주알고주알 떠든 것이 민망했던지 막손이 숨을 골랐다.

"어미한테 아비에 대해 들은 이야기는 없고?"

막손이 동이 왼손에 설핏 눈을 주며 물었다.

"이름도 모르고, 얼굴도 잘 기억 안 나는 눈치였어요. 그래도 죽기 전에 꼭 한 번 보고 싶다는 말씀은 두어 번 했던 기억은 나요."

동이 말에 막손이 끄응 하며 신음인지 한숨인지 모를 소리를 냈다.

"자네는 아비 보고 싶지 않았나? 그게 인지상정인데."

"아비는 없다 생각하고 살았어요. 다섯 살 때 집에 들어온 의붓아비는 허구한 날 술주정에 살림살이를 부숴 대는 통에 집 나가고 싶을 때가 한두 번이 아니었지만 어매 때문에 버텼어요. 험한 술장사 하면서도 저만 바라보고 사셨거든요."

제천댁 생각이 났는지 동이가 콧마루를 찡그렸다.

"벌써 가려고? 예서 하룻밤 묵고 가지. 덕분에 속도 편해지고, 내가 싼 주막을 소개해 줌세."

엉거주춤 일어서는 동이에게 대화에서 봉평까지는 칠십 리길, 고개를 둘이나 넘어야 하는 먼 길이라며 막손이 흘리듯 말했다.

"어디서든 잠이 올 것 같지 않아서요… 빨리 소금을 뿌린 것 같다는 메밀밭을 보고 싶기도 하고요."

동이 얼굴이 발갛게 달아올랐다. 아직은 메밀꽃이 피다 말았을 텐데 하며 막손이 구시렁댔다.

"약값에는 턱없이 부족하지만 이건 내 성의일세."

등짐 안에서 꺼낸 다황 한 통을 내밀며 막손은 받으라는 눈짓을 거푸 했다. 손을 내저으며 뒷걸음질치는 동이 등짐에 막손이 마구잡이로 다황을 찔러 넣었다. 오늘 같은 보름날엔 쓸 일이 없을 테지만 밤길에 다황만큼 든든한 물건은 없다는 말도 덧붙였다.

"제 아비일지도 모를 그분 이야기도 들려주셔서 고맙구먼요. 어르신 뵈니 제 아비를 만난 것처럼 마음이 좋으네요."

막손은 주막 가는 길이니 신경 쓰지 말라며 장터 어귀까지 따라왔다.

"허 생원이 금방 알아보지 못하더라도 섭섭해하지 말게. 장대

같은 아들이 있을 거라고는 짐작도 못 하고 있을 테니. 사람의

인연이라는 게… 허 참, 허 참."

　동이의 눈가에 눈물이 핑 돌았다.

# 달눔

심봉순

한껏 부풀어서 더는 채울 틈이 없자 마침내 비우기 시작할 무렵이었다. 늑대가 살짝 핥은 듯 조금 이지러진 달이 사부자기 내 방을 들여다보고 있었다.

 한밤중에 규방 깊숙한 내 방을 마음껏 훔쳐볼 수 있는 눔은 달뿐이었다. 나도 저눔이 내 방을 기웃거리면 켜 두었던 등잔불도 끄고 입고 있던 옷도 훌훌 벗어 버리고 맨몸으로 흠뻑 맞아들였다. 달눔은 언제나 내 마음을 제일 잘 알고 나를 위로해 주곤 했으니까. 그런데 그날은 이상하게도 그것으로 성이 차지 않았다.

 나도 모르게 방문을 열고 나왔지만 딱히 갈 곳이 없었다. 온 들판과 산허리 가득 흐드러지게 핀 메밀밭에 달빛이 내려앉자 빛과 빛이 얼크러져 교교한 달의 개울이었다. 명지바람 한 자락으로 거대한 뱀처럼 꿈틀거리자 알싸한 향도 덩달아 출렁거렸다. 나도 모르게 길 한복판에 서서 두리번거렸다. 누군가에게 내 마음을 들킨 것 같아 부끄러웠다. 때맞추어 물레방앗간이 눈에 들어왔다. 공몽한 달안개 같은 메밀꽃에 폭 둘러싸여 지붕만 아슴푸레 보일락 말락 했다.

그리고 울었던가. 달눔은 내가 집안 때문에 울가망해서 울었다고 생각했다. 아버지가 사돈의 팔촌쯤 되는 사람에게 빚보증서 집안이 살얼음 밟는 것처럼 아슬아슬하던 때였다. 하필이면 그런 나날인데도 물색없는 달눔이 방으로 들어오자 나도 모르게 온몸을 내주고 그것도 모자라 거리를 홀홀히 배회하는 내 꼴이 한심스러워 울었다.

그때 물레방앗간으로 스며드는 그림자가 있었다. 처음에는 깜짝 놀라 나도 모르게 옆에 뒹굴고 있는 수수 빗자루를 움켜잡았다. 여차하면 내려칠 도구가 닳아빠진 몽당빗자루밖에 없어 큰일이었다. 하지만 호랑이에게 물려 가도 정신만 차리면 된다는 생각에 그것을 마치 주문처럼 마음속으로 중얼거렸다. 그런데 그 사람의 태도가 영 심상치 않았다. 나를 해치려고 그러니까 나쁜 마음을 먹은 것 같지가 않았다. 그 사람도 방앗간 구석에 웅크리고 앉아 울고 있는 나를 보더니 흠칫 놀라는 듯했다. 문득 달눔이 사람으로 모습을 바꾸었을 거라는 생각이 들었다. 왜냐고? 내가 즐겨 읽는 이야기책에 그런 내용이 수두룩했기 때문이었다. 꼭 못생긴 두꺼비나 잉어가 나중에 알고 봤더니 옥황상제의 아들이든가 바닷속 용왕님의 아들이었으니까.

그리고 그들은 꼭 밤에 신비로운 향기와 함께 다따가 나타나니까. 어쩌면 내가 바라는 대로 생각하고 싶은 줄도 모르겠다. 그즈음 의지가지 하나 없는 외동딸은 날마다 기울어 가는 집안을 구출할 수호신을 꿈꾸었기에 꿈은 곧 확신으로 바뀌었다.

장날의 저잣거리는 언제나 새벽부터 온종일 온몸 다해 흥정하는 소리와 호객하는 소리와 누군가와 멱살을 잡고 싸우는 소리와 여인들의 악다구니로 흘러넘쳤다. 그러다가도 밤이 되면 시치미를 떼어 메밀꽃망울 터지는 소리가 톡톡 들릴 정도로 적막했다.

달눔이란 생각이 들자 몽당빗자루를 든 손에 힘이 스르르 풀리며 그눔이 내 어깨에 손을 얹어도 두렵지 않았다. 오히려 내 마음 안에 있는 불덩이를 어쩌지 못해 흘렸던 눈물이 달눔이 대신 닦아 주자 불덩이는 용암처럼 부끄러움 없이 흘러내렸다. 온 들판과 산골짜기에서 한꺼번에 몸을 열고 향을 피우는 메밀꽃처럼 나도 모르게 활짝 몸을 열었다. 나는 그 밤 한 떨기 메밀꽃이었다.

그 다음 날 아침, 평소에 마당을 밟지 않았던 사람들까지도 문밖에서 기웃거렸다. 처음에는 빚쟁이인 줄 알았다. 눈만 뜨면 일어나던 일이라 대수롭지도 않았다. 그런데 빚 받으러 온 사람들치고는 얼굴에 글자가 너무 많이 쓰여 있어서 읽을 수가 없었다.

그중에 용감한 누군가는 부모의 이런 모습이 답답했던지 자기 얼굴에 붙어 있는 글자 중에 적선하듯 몇 단어를 슬쩍 흘렸다.

난리, 난리 그런 난리가 없었다. 말끝마다 양반이란 단어를 붙여야만 말이 되는 어머니가 쓰러진 것은 당연한 순서였다. 누가 그 밤에 물레방앗간에서 일어난 일을 엿본 사람이 있었다.

우리는 그날 바로 보따리를 쌌다. 조금 계획이 당겨진 것뿐이었다. 소문은 제천까지 따라왔지만 버텼다. 어머니는 달눔이라는 말에 처음에는 믿지 않았다. 그렇지만 달눔밖에 할 이야기가 없기에 차츰 내 말을 믿는 눈치였다. 집안이 망해 가자 각다귀들이 얕보고 그런 말도 안 되는 소문을 만들었다고 화를 냈다. 평소에도 메밀꽃 필 무렵만 되면 넋을 놓는 딸의 정서를 잘 알고 있기 때문이다. 겁 없이 혼자 물레방앗간에 가서 그런 험한 오해를 받았다고 애처로워했다.

배만 불러 오지 않았다면 나까지 그 밤의 일을 꿈속인 양 여겼을 것이다. 아이가 서느라 헛구역질하는 것도 좁은 집에 사느라 병이 났다고 지레짐작했다. 식구들 모두 마음이든 몸이든 병이 났으니까. 배 속에서 꼬물꼬물 신호를 보내면서 그 밤의 달눔처럼 배가 부풀어도 눈여겨보지 않았다. 부모에게 들킬까 봐 잡도리를 잘했다. 넓은 무명천으로 배를 칭칭 감고 다니며 감쪽같이 속였으니까. 높은 둔덕에 올라가서 일부러 데굴데굴

굴러 보기도 했다. 배 속의 아이를 죽일 수 있다는 약초를 드러내 놓고 구할 수가 없어 몸을 심하게 굴리는 방법밖에 없었다. 그런데 아이는 아랑곳없이 무럭무럭 잘 자랐다. 꼭 달놈이 지켜 주는 것만 같았다.

아이는 그만 보름날 한밤중에 울음을 토해 내며 세상 밖으로 나왔다. 아닌 밤중에 아이 울음소리는 생뚱맞았다. 잠자리에 들었던 부모는 자리옷을 입은 채 울음소리에 이끌려 뒤란 장독대로 허둥지둥 찾아왔다. 달빛을 한가득 머금고 있는 불룩한 항아리와 항아리 사이에서 일은 벌어졌다. 탯줄이 길게 연결된 빨간 핏덩이를 내려보더니 어머니는 그만 그 자리에서 정신을 잃고 말았다. 달도 채우지 못한 아이는 자기의 처지를 아는지 모르는지 그 밤을 들었다 놓았다 할 정도로 우렁차게 울었다. 외가의 식솔들도 횃불을 들고 두세두세 몰려들었다. 모두 우두망찰 서 있는 바람에 오랫동안 둥그렇게 둘러싼 횃불과 달빛 아래에서 신고식 같은 울음을 길게 울어야 했다. 아무도 탯줄을 자를 생각도 못 하고 가루 뛰며 시루 뛰며 있을 때 외가의 머슴이 헛간에 걸린 낫을 횃불에 지져 잘랐다고 들었다. 나는 아이가 세상으로 나오자마자 진작 눈을 감고 있어 조금 덜 창피했을까. 나보다 먼저 정신이 돌아온 어머니는 눈을 뜨자마자 아주 차갑게 읊조렸다. 말끔하고 순한 얼굴로 거짓말을 찰찰

잘도 하는 내가 몸서리치게 무섭다고 했다.

아버지는 뜨르르한 처갓집에 얹혀사는 것만 해도 하루하루가 죽고 싶을 만큼 절망적이어서 기신기신 살아가는 중이었다. 한마디로 자기 몸도 돌볼 힘이 없는 마당에 시집도 안 간 딸이 동네가 요란하도록 아이를 털썩 낳아 놓자 오히려 삶에 대한 구실을 얻었다고나 할까. 바닥까지 떨어진 자존심을 이 일을 계기로 찾았다고나 할까. 처녀 임신은 양반 가문에 수치니 쫓아내겠다고 선포했다. 그러니까 빌붙어 살 망정 이 몸은 양반이니 너희들은 그런 줄 알아라. 뭐 이런 선포를 한 꼴이었다. 인정사정이 없었다. 결국 나는 핏덩이를 안고 쫓겨났다. 어머니가 끼고 있던 금가락지 한 쌍을 아버지 몰래 얼른 손에 쥐여 주었다.

길을 나섰지만 갈 곳이 없었다. 잠포록한 날씨를 등에 업고 무작정 봉평 쪽으로 길을 잡았다. 낮에는 온종일 걷고 밤에는 주막으로 찾아 들어가 물에 젖은 보따리처럼 추레한 꼴로 늘어지는 고된 나날이었다.

그날은 유난히 높은 고덕치가 눈앞을 가로막자 하늘에 닿을 듯한 바위너설과 서쪽으로 기울고 있는 해를 번갈아 쳐다보았다. 불안했지만 하룻밤을 보낼 만한 주막이 보이지 않아 고갯길에 올랐다. 이런 험한 산길에는 꼭 고개 중간쯤에 주막이 있었기 때문이다. 그런데 어스름 녘에도 태산같이 믿었던 주막이 보이지 않았다. 해가 매정하게 뚝 떨어지자마자 곧바로 칠흑 같은 어둠이 산도둑처럼 몰려왔다. 기다렸다는 듯이 어둠을 등에 업은 사특한 조짐이 스멀스멀 기지개를 켜기 시작했다. 무엇인가가 뒤에서 머리카락을 잡아당겼고 얼굴이며 팔을 마구 긁었다. 빽빽이 둘러싼 나뭇가지에 겁을 먹었다는 생각에 한숨이 저절로 나왔다. 그런데 그것도 잠깐 깊은 산속 어디쯤에서 짐승 울음소리가 들려오자 단 한 발자국도 걸음을 옮길 수가 없을 정도로 수꿀했다. 눈앞에 소나무 가지 밑 어웅한 돌 틈으로 개처럼 기어들어 가 몸을 숨겼다. 다따가 아주 가까운 곳에서 한 번도 들어보지 못한 울음소리가 들렸다. 짐작하기에는 덩치가 아주 큰 동물이었다. 이따금 들려오던 고라니 울음소리나 멧돼지 울음소리와 부엉이 소리도 일제히 멈추고 숨을 죽였다. 이윽고 맞은편 산등성이로 파란 불 두 개가 번쩍거렸다. 그런데 그것도 찰나 어느새 파란 불은 사라졌다. 안심하기는 일렀다. 어느새 바로 눈앞에 있는 커다란 벼랑 위에서 파란 불이 또 번쩍였다. 쿠르릉 쿠르릉 숨소리가 들렸고 침을 줄줄 흘리는 것만 같았다. 나는 반대로 숨도 쉬지 않고 죽은 듯이 가만히 엎드려 있었다. 죽은 것은 먹지 않는다는 소리를 들은 것만 같았다. 파란 불도 움직이지 않았다. 마치 나와 내기를 하는 것만 같았다. 어쩌면 손바닥 안의 공깃돌처럼 나를 놀리고 있는 줄도 몰랐다.

바위에 느적느적 누워 잠이 든 듯도 싶었다. 그러다 마침내 파란 불은 산등성이 너머로 휙휙 사라졌다. 숲속은 다시 수런수런 기지개를 켰다. 고라니 울음소리가 다시 들리고 여우 울음소리가 들렸다. 희미한 부엉이 소리도, 가까운 곳에서 졸졸 물 흐르는 소리도 그제야 들렸다. 나는 순간적으로 품속에 있는 아이의 새처럼 가느다란 목을 두 손으로 움켜잡았다. 죽고 싶다는 강렬한 본능으로 두 손에는 살기가 돌았다. 세상모르게 곤히 자던 아이가 눈을 번쩍 뜨고 동그랗게 쳐다보지 않았다면 잡은 손아귀에 힘을 주었을 것이다. 아이의 말간 눈과 마주치자 어미로서 부끄럽다는 생각이 들었다. 힘을 주는 대신에 아이의 제비처럼 작은 입에 젖꼭지를 물렸다. 아이는 잘 나오지도 않는 젖을 죽기 살기로 파고들었다. 젖꼭지는 이내 피로 벌겋게 물들었다. 스스로 죽음을 불러들일 필요가 없다는 생각이 들자 죽을 때까지 살아 보자고 산짐승들에 에워싸인 채 촐촐 울며 다짐했다. 목탄 같은 밤에도 두 눈에서 불이 출출 흐르는 무리를 덮지 못했다.

고덕치보다는 낮은 뱃재를 넘어 반정리를 지나 대화 들머리 주막에서 소꿉동무를 만났다. 소꿉동무가 남편을 여의고 주막을 꾸려 가고 있었다. 동무는 나를 쳐다보더니 그 덩치만큼 황소울음을 울었다. 내가 가여워서 울었던 것은 아니었다. 새끼

한 명 떨어뜨려 놓지 않고 간 남편 대신 내가 그 텅 빈 마음을 채워 주어서 고맙다고 했다. 나는 내 꼴이 기막혀 궁싯궁싯하다가 처음으로 누군가의 위로가 된다는 사실에 마음이 놓이기도 했다. 그런데 얼마 못 가 개정을 부렸다.

"니는 아무리 부잣집에서 귀하디귀하게 자라 손에 물 한 방울 묻히지 않고 살았다고 해도 어찌 그리 얌통머리가 없나?"

처음에는 동무의 말을 알아들을 수가 없었다. 내가 그래도 그냥 앉아서 밥을 얻어먹기는 말 그대로 눈치가 보여 주막에 손님이 많이 들 때는 부엌에 나와 어리댔다. 그럴 때마다 오히려 걸거친다며 방에 들어가 산후 몸조리나 하면서 아이만 보라고 해놓고 얌치 타령을 하니 마음이 안절부절 어쩔 줄 모르겠다.

술청에 슬그머니 나와 술상을 날라야 했다. 동무가 자꾸 언구럭을 떨며 잦추었다. 아궁이 앞이 편한데 들어오지 못하게 했다. 잘하는 음식이 없기 때문이라는 말에는 부엌에 들어갈 수도 없었다. 동무는 내가 술상을 들고 왔다 갔다 하자 물 묻은 바가지에 깨 달라붙듯이 장돌뱅이들이 줄을 섰다면서 입이 벌어졌다. 얼른 돈 벌어 기와집 지어 아이와 알콩달콩 살자고 꼬드겼다.

그런데 뜻하지 않은 일이 생겼다. 날마다 와서 느물거리는 어떤 첨지가 기와집 자기가 사 줄 테니 함께 살자고 들입다 수작을 부렸다. 생게망게한 나에게 물어보지도 않았다. 달눔을 만난 이후로 내 마음대로 움직여 본 적은 한 번도 없었지만 이건 아니었다. 어머니가 아버지가 거느렸던 첩 때문에 얼마나 마음을 졸이고 살았는데. 누구에게 대못을 박아 가며 살아가느니 차라리 아들과 함께 죽어 버리겠다고 단단히 말했다. 동무는 처녀가 서방질해서 아들까지 낳은 년이 오지랖 한 번 넓다고 빈정거렸다. 평양감사도 자기 하기 싫으면 할 수 없으니 앞으로 술상 앞에 앉아서 술도 치라고 눈을 희번덕거렸다. 그깟 거 첩살이보다는 일도 아니라는 생각에 고개를 끄덕였다. 선선한 내 태도에 동무는 손님이 원하면 고쟁이도 벗어야 한다고 덧붙였다. 아이를 키우기 위해 그깟 고쟁이 벗는 일이 뭐가 그리 대단하다고 유세를 떠냐고 했다. 처녀가 애를 밴 집에서 쫓겨난 년이 지조 타령은 개발의 편자라고 비아냥거렸다. 오직 가진 것은 반반한 상판대긴데 자기 같으면 얼마든지 돈으로 바꾸겠다고 했다. 고쟁이를 벗을 수가 없는 나는 더 열심히 술상을 나르고 술을 쳐야 했다.

아이가 어느새 또록또록해지자 주막 구석방에 혼자 있으려고 하지도 않았다. 달눔을 닮았는지 고집도 세어 어미가 나타날 때까지 울음을 그치지 않았다. 할 수 없어 기다란 새끼줄로 한쪽은 아이의 발목에 묶고 다른 한쪽은 주막 기둥에 묶고는 어미가 보이는 돋을양지에 풀어놓자 구구거리는 닭들과 한패처럼 보였다. 아이 몸이 시뻘건 장닭보다 오히려 작아 장닭이 아이를 아주 만만하게 여겼다. 자주 장닭에게 이마를 쪼여 피가 철철 흘렀다. 아이는 장닭보다 순한 암탉을 쫓아다니며 꽁지를 잡아당기는 장난을 치다가 보호 본능이 작열한 장닭의 공격을 받기도 했다. 고약한 장닭은 꼭 아들의 잘생긴 이마를 공격했다. 그럴 때마다 동무는 그 아래 눈이 아닌 이마라서 괜찮다고 했지만 그건 모르고 하는 소리였다. 이마가 잘생겨야 앞날이 잘 풀린다는 말을 아버지는 날마다 했었다. 이마 훤한 사위를 맞아들이겠다고 노래를 불렀더랬다. 아이가 왼손잡이인 것도 커서 놀림 받을 생각에 기가 막히는데 이마에 흉터까지 훈장처럼 주렁주렁 달리자 마음이 아팠다. 아이의 앞날을 어미가 망치고 있는 것만 같았다.

그날도 마당에 꾸불텅꾸불텅 기어 다니는 지렁이를 놓고 아이와 닭은 쟁탈전이 벌어졌다. 지렁이도 난감했다. 긴 장마 끝나자 젖은 몸을 말리기 위해 몸을 드러냈다가 이 꼴이 되었다. 첫돌이 지났지만 아이는 좀처럼 걸을 생각은 하지 않고 아예 기어다녔다. 동무인 닭들과 키를 맞추기 위해서인 것 같았고 닭처럼 흙바닥에 흩어진 옥수수 알갱이나 흙을 주워 먹기가 쉬웠을 테다. 꾸불거리는 지렁이가 아이 눈에 띄었다. 닭보다 먼저 차지하기 위해 아이의 눈은 빛났다. 얼른 기어가서 지렁이를 손가락으로 집어 들려는 순간 장닭이 먼저 아이의 이마를 콕 쪼았다. 아이가 자지러지게 울고 있는 사이에 옆에서 구구거리던 등짝에 유난히 털이 빠진 암탉이 날름 물고 뒤뚱뒤뚱 가 버렸다. 아이가 피를 철철 흘리며 울고 있어도 어미는 냉큼 아이를 안아 줄 힘이 없었다. 언제나 손님이 북적거릴 때 사달이 나곤 했다.

한번은 아이가 경기가 날 정도로 자지러지자 어마지두에 나도 모르게 손님과 마주 앉아서 술을 치다 말고 마당으로 달려간 적이 있었다. 버선발로 뛰어가서 아이를 덜렁 안자마자 동무가 기겁하면서 아이를 빼앗아 가 버렸다. 손님의 술맛이 떨어진다는 이유였다.

산골짜기 양짓녘서 시작한 연둣빛은 들판으로 내려오면서 녹색으로 짙어 갔다. 푸른빛이 짙어지자 덩달아 때를 만난 물건이 혀를 날름거렸다. 겨울 동안 잔뜩 굶었다가 연둣빛 들판에서 슬슬 몸을 풀고는 푸른빛이 성해지자 본격적인 사냥에 돌입했다. 물건은 아이만큼 물색없어 주막으로 스르륵 기어들어 왔다. 하긴 물건을 탓할 일이 아니었다. 주막을 둘러싼 싸리나무 울타리 밑으로 찔레꽃과 산딸기나무가 넌출지게 꽃을 피우는 통에 몸을 숨기기에는 딱 좋았으니까. 하필이면 그 물건이 평소처럼 찔레꽃 그늘에 눌러앉아 꽃잎을 따며 놀고 있는 아이의 눈에 띠었다. 아이 옆에서 같이 구구거리며 놀던 닭들은 물건과 맞닥뜨리자 슬금슬금 도망을 간 이후였다. 물색없는 아이는 태어나서 처음으로 맞닥뜨린 지렁이보다 비교할 수도 없는 크기의 물건이 눈앞에서 혀를 날름대고 있자 그것을 한참이나 물끄러미 바라보았다. 물건도 아이를 물끄러미 쳐다보고 있었다. 물건은 아이가 자기에게 해를 끼칠 수 있을지를 가늠하기도 했지만 그것보다는 자기를 보고도 도망치거나 해코지하지 않는 게 신기했다. 아이는 그 물건이 자기를 물끄러미 바라보자 섬뜩한 기운이 번개처럼 휙 지나가서 이참에 실컷 울어 볼까 하는 생각도 들었지만 이내 머리를 저었다. 울어 봤자 어미가 달려올 것 같지가 않았다. 언제 한 번 달려와 안아 주었다가 새까만 아줌마에게 엄청 욕먹는 것을 본 이후로는 울지 않으려고 애썼다. 어섯눈이 뜨여 어미 친구가 세상에서 가장 무서운 사람이라는 것을 진작 알아 버렸다.

아이는 처음 보는 물건에 호기심도 들불처럼 일었다. 찔레 덤불 밑에서 푸른 바탕에 붉은 점을 아롱거리며 혀를 날름거리자 장닭에게 빼앗기기 전에 먼저 손에 넣어야 했다. 물건이 섬찟할 정도로 차서 아이는 깜짝 놀랐다. 물건도 자기 몸에 조심스럽게 손을 대자 아이의 보드라운 손의 촉감에서 위험을 읽을 수가 없었는지 아이가 하자는 대로 내버려 두었다. 마침 옆에서 폴짝거리는 무당개구리를 통째로 집어삼켜 귀찮기도 했다. 싸리나무 울타리를 타고 올라가는 호박잎도 척척 늘어질 정도로 한낮의 뜨거운 햇살도 한몫했다. 아이는 그것을 들고 휘휘 저어 보았다. 지게에 달린 밧줄처럼 굵직하면서 길었다. 닭들이 멀리 있는 것도 아이는 마음에 들었다. 그것을 마음대로 주물럭거릴 수가 있었으니까. 마침내 그것을 목에 둘둘 감았다. 유월 대낮의 열기가 차가운 물건으로 인해 시원했다.

술청에 앉아 있던 손님이 기겁만 하지 않았다면 이 상태가 꽤 오랫동안 유지가 되었을 것이다. 손님 중의 한 명이 기절초풍하며 소리를 지르자 다른 손님들이 우우 달려왔다. 순식간에 삽자루가 들려 있는 손님도 있었고 지게 작대기를 들고 아이에게 달려들자 아이의 목에서 낮잠을 즐기고 있던 물건은 황당할 수밖에. 이래서 사람은 아이든지 어른이든지 믿으면 안 된다는 것을 뼈저리게 깨달으며 아이 목에서 스르르 떨어져 나왔지만 삽을 든 어른보다 장닭이 먼저 물건의 대가리를 쪼았다. 삽을 든 남자가 삽자루를 내리꽂고 작대기를 든 손님이 그 작대기로 후려쳤다.

물건을 사겠다는 사람이 나섰다. 기와집 타령을 하며 일 년이 넘도록 날마다 술청에 죽치고 있던 첨지였다. 첨지는 씩씩한 언나가 늘매기를 산 채 목에 걸고 있었으니 돈은 언나장수 것이라고 하자 손님들이 직수긋했다. 졸지에 언나장수가 되어 어미 품에 안기자 어미는 그제야 눈물이 나왔다. 울면서 결심했다. 첨지의 첩이 되겠노라고, 아이가 더는 뱀을 목에 걸 수는 없었다. 첨지와 동무는 버륵버륵했다. 아마 동무에게는 돈푼깨나 떨어졌다고 생각하자 처음으로 첨지에게 고마운 마음이 들었다. 동무에게 산더미 같은 빚을 갚은 기분이었다.

첨지와의 첩살이가 예상했던 대로 조릿조릿했다. 본처가 사납기로 돌무덤 속의 살모사 독보다 더 독했다. 눈도 꼭 뱀눈처럼 째져서는 나를 바라볼 때는 살기가 번득였지만 그건 처음부터 각오했던 일이라 상관없었다. 그런데 어미 잘못 만난 죄밖에 없는 아이마저 구박덩이가 되어 눈치만 보자 아득하면서 슬펐다. 차라리 아이가 구렁이를 목에 걸고 장닭처럼 마당을 기어 다니는 게 훨씬 나은 일이라는 걸 뒤늦게 깨닫고 가슴을 쳤다. 일 년 만에 첨지가 갑자기 죽었지만 슬프기보다는 안도했다. 살모사 눈을 닮은 본처에게 빈손으로 쫓겨나자 갈 데가 없었다.

동무는 마치 잃어버린 물건을 되찾은 것처럼 반가워했다. 소를 팔아 돈은 챙기고 다시 그 소가 집 외양간으로 돌아온 꼴이었으니까.

갈 데가 거기밖에 없었냐고. 첨지 집에 들어가 잠깐 살 때도 동무의 주막에 달눔이 다녀갈 것만 같아 전전긍긍이었다. 대화를 선택한 것도 이 마을은 난달이라 언젠가는 달눔이 지나갈 것 같았다. 또 달눔과 처음 만난 봉평에 한겻이면 달려갈 수 있기 때문이었다.

아이가 점점 영글자 날마다 아이의 얼굴에서 달눔을 찾았다. 달눔의 얼굴이 어령칙했다. 어떤 날은 그림을 그릴 수 있을 것 같이 선명하다가도 어떤 날은 잿물로 지운 듯이 하얗게 비워 있었다. 믿으면 이루어지는 걸까. 아니면 너무 간절해서일까.

메밀꽃이 알싸하게 피던 무렵이었다. 아이가 그때도 무슨 일로 마당에서 한바탕 자지러지게 울고 있었지만 아무도 아이에게 신경을 쓰지 않았다. 해가 넘어가자 주막 앞으로 펼쳐진 메밀밭도 노을빛으로 불그죽죽 물들었다. 그것을 등에 지고 들어오던 사람이 아이를 덜렁 들어서 달래고 있었다. 그런데 아이와 그 남자는 웬일인지 닮았다. 노을빛을 등에 지고 있어 세세하게 보이지도 않았는데 가슴이 철렁 내려앉아 들고 있던 뚝배기를 바닥에 떨어뜨리고 말았다. 뚝배기는 뜨거운 장국밥을 발등에 쏟아놓고 자발스럽게 토방으로 굴러갔다. 동무가 이런 나와 그 남자를 갈마보며 눈을 지릅뜨고 쳐다보았다.

전날에 꾼 꿈 때문인지도 몰랐다. 그 밤 이후 처음으로 꿈에 달눔이 찾아왔다. 달눔이 무슨 말을 속삭였는데 잠을 깨고 나자 기억할 수가 없어 안타까웠다. 그날따라 새벽부터 처마 밑에

난데없는 까치가 날아와서 울어 대자 나도 모르게 가슴이 벌렁거리며 기대 아닌 기대를 했던 날이었다. 무엇보다도 그날 그 밤처럼 들판이고 산허리고 흐드러지게 핀 메밀꽃이 온몸을 열어 놓고 미리내같이 하르르하르르 일렁거렸다.

그 남자는 날마다 주막을 기웃거렸다. 성가셨지만 밀어내지는 못 했다. 그 남자 때문에 여느 날과 마찬가지로 술상 앞에 앉아서 술을 쳐도 장돌뱅이들이 추근거리지 않았다. 동무도 어쩐 일인지 나를 그리 들볶지 않았다. 그 남자가 딱히 장사를 방해하지는 않았지만 모두 그의 눈치를 보는 것만 같았다. 무슨 큰 죄를 짓고 도망 중이라는 소문이 돌아 그런 줄도 모르겠다. 저잣거리는 어느 날 다따가 나타난 그 남자에 대한 이야기로 술안주가 필요 없을 정도로 들렀다. 아무도 보지 못했으니 소문이 소문을 낳았고 이야기에 이야기를 덧칠했다. 그중에 가장 그럴듯한 말은 주먹 세계의 오야붕이라는 소문이었다. 누군가를 죽이고는 도망 다니다가 목을 축이기 위해 주막에 들렀는데 그만 주막 여자에게 첫눈에 반해 오도 가도 못 한다는 말이었다. 어쩌면 말을 보태고 또 보태는 사람들은 그들이 가장 마음에 드는 이야기로 믿고 싶은 모양이었다. 무엇보다도 그가 주막에 기웃거리고부터는 아이가 더는 마당을 기어 다니지 않았고 더는 장닭에게 이마를 쪼일 일도 없었다.

아이의 이름을 지어 주기도 했다. 지금껏 이름도 지어 주지 않고 뭐 했느냐는 말에 부끄러웠다. 달눔을 만나면 지어 줄 작정이었지만 그런 말을 할 수도 없었다. 그때만 해도 금방 만나게 될 줄 알았다. 그 사람이 지어 준 아이 이름이 마음에 들었다. 깊게 고민하지도 않은 티가 역력한 한자 아이 동자를 써서 '동이'라고 했지만 이름도 없던 아이에게 이름을 붙여 준 그 사람이 고마웠다. 어느 순간부터 사람들은 그 남자를 내 기둥서방이라고 불렀다. 보암보암이 동무는 이번에는 그 사람과 나를 엮을 참인 모양이었다. 아이의 함초롬한 눈과 그 사람의 눈이 판박이라고 하더니만 우뚝 솟은 콧날도 어쩌면 그 사람과 똑 닮았는지 모르겠다고 능갈쳤다.

나는 진작 그 사람이 달눔이 아니라는 것을 알았다. 하지만 이번에도 첨지와 잠깐의 첩살이처럼 피할 수 없는 운명이 저만치서 저벅저벅 다가오는 것을 어렴풋이 느꼈다. 오매불망 만나기를 바라는 달눔도 어쩌면 생각보다 한참 뒤에나 만날 운명이거나 아니면 영영 볼 수 없을 거라는 무지막지한 예감에 사로잡혔다. 하긴 그 밤 달눔을 만난 이후로 내 마음대로 되었던 적은 한 번도 없었으니까. 이번에도 운명이 하자는 대로 따라야 할 듯싶었다. 달의 개울에 이파리 한 장 띄워 놓고 그 위에 올라탄 느낌이었다.

# 길

박 문 구

아직도 한 고개를 넘고 산허리를 두른 산길을 지나고 벌을 더 건너야 대화 장을 보겠지만 허 생원은 마른 다리를 재게 움직이면서도 힘든 줄 몰랐다. 그저 부지런히 움직였다. 부옇게 솟은 산마루 서너 뼘 위에 달이 걸렸다. 이제 저 달이 산 너머로 숨을 삼키면, 새벽 장꾼들을 기다리는 대화 장터의 주막집 국밥 냄새가 산허리까지 전해져 밤을 새운 허기진 뱃구레를 긁어 댈 일이다. 컬컬한 목을 적실 모주 한잔 생각이 유난히도 급했다.

　"어허, 생원. 오늘따라 왜 그리도 바쁜가. 너무 재게 걷다가 아까 물속에서처럼 돌부리에 걸려 낙상하는 수가 있네."

　"그게 다 운발 아닌가. 산길처럼 내리막이 있으면 오르막도 당연하지. 사람살이가 변화무쌍해서 돌에 걸려 넘어지다가도 어떤 때는 우뚝 바로 설 때도 있는 법이 아니던가. 오늘따라 이놈의 짐승도 제법일세그려. 꼭 읍내 지 새끼 만나는 것처럼 들뜬 꼴이야. 그놈 노새도 이젠 많이 자라서 경중대는 꼴이란…."

조 선달은 앞에서 말을 또박또박 흘리면서도 내닫듯 걷는 허 생원의 뒷모습을 보면서, 축축한 밤기운을 헤쳐 나가는 나귀의 안장에 실은 고리짝을 매만졌다. 험한 밤길을 오래 걸었던 터라 단단히 추스른 바가 조금씩 풀어지고 있었다. 나귀를 세우고 바의 매듭을 어림짐작으로 세게 조였다. 그러느라 허 생원과의 거리가 저만치 멀어졌다.

"생원, 나귀도 쉬게 할 겸 담배 먹고 가세. 오늘따라 달도 느리게 흐르는구먼."

허 생원은 분명 그 말을 들었겠지만 열댓 걸음 더 나간 후에야 나귀를 세우고 조 선달 쪽으로 걸어왔다. 조 선달은 허리춤에서 곰방대를 뽑아 쌈지 담배를 비벼서 꾹 누르고는 불을 붙였다. 깊이 빨아들이고 길게 내뿜었다. 푸른 연기가 산기운 속으로 퍼져 나가면서 땀에 젖은 몸을 나른하게 몰아갔다. 허 생원에게 쌈지 담배를 한 줌 건넸다. 허 생원은 서늘한 밤기운에 생기를 얻었는지 전에 없이 눈을 반짝이며 양 볼이 움푹 패도록 담배를 맛있게 빨았다가 콧구멍으로 연기를 천천히 흘렸다. 잠시 바람도 그쳤다. 엇구수한 담배 연기는 천천히 어둠 속으로 스며들었다. 산마루에 두어 뼘 높이로 걸린 달을 쳐다보면서 조 선달은,

"야밤에 나귀 새끼처럼 그렇게 쌩쌩하게 걷는 일은 처음 보

네. 한 번 빠지더니 물귀신 영이 붙었나…."

허 생원은 거푸 담배를 빨다가 작은 바위에 슬며시 앉으며 곰방대를 툭툭 털었다. 나귀들은 길게 콧김을 뿜어 댔다. 잠시 말이 없었다. 한 줌 서늘한 산바람이 천천히 불었다. 잠시 고개를 숙이다가 눈을 반짝이며 조 선달을 쳐다봤다. 어둠도 눈빛을 감추지 못했다.

"대화 장을 잘 보면 내 한턱냄세. 오늘 밤길이 어쩐지 술을 부르네그려. 그나저나 선달, 자넨 가을 지나면 정말 대화에서 머물 작정인가? 가족은 아직도 봉화에 있다지?"

조 선달은 산머루에 걸릴 듯 말 듯 한 달을 쳐다보다가, 흐유하고 탄식처럼 입김을 내뿜었다. 대여섯 걸음 뒤에 등 돌리고 앉은 동이 편에서 구수한 담배 연기가 흘러왔다.

"임자가 내든 누가 내든…. 꼭 요런 새벽녘 걸음에 한잔 생각이 간절한 법이지. 가족이야 봉화에서 살고 있네만 마름 녀석이 오죽해야지. 땅 파 봐야 이거저거 털리고 나면 그저 풀칠만 하고 있을 뿐. 큰애가 스물 중반인데 아직 혼례도 없네. 답답하지만 어쩌겠나. 용쓸 재주도 없으니 이제 나도 힘이 부치는 이 일을 접을 때도 됐지. 대화에서 전방이나 열며 살아야지 별일 있을까. 봉평도 생각했지만 그래도 논밭이 좀 넓은 대화가 물색이 좋을 것 같아서."

선달의 목소리는 다복솔 숲으로 잦게 흘렀다. 산마루에 반쯤 걸린 달이 한 조각 구름 속으로 스며드는가 싶더니 수십 가닥의 가늘고 긴 손가락으로 산마루와 저 앞의 널따란 메밀밭을 감쌌다. 검은 숲 사이로 푸르스름한 달안개가 비껴 내리는 틈에 어디선가 가느다란 샘물 흐르는 소리가 들리는 듯했다. 나귀가 굽을 구르는 소리에 동이가 슬며시 일어나 나귀 잔등을 한번 쓸었다. 허 생원은 짧은 헛기침으로 속을 돋우고는 길게 가래를 뱉었다.

"그러게. 산물이야 봉평보다 대화지. 잘 생각했네. 글쎄… 나도 제천 장 보고는 봉평에 자리 잡을까나. 동이도 제천 가려나? 제천 장은 몇 배나 크니 한몫 잡을 수도 있고 자네는 모친도 보고. 한 나달이면 충분할 것 같은데."

"그러게요. 어머니 본 지도 몇 달 되긴 했네요. 술장사라는 게 망나니들의 쌈짓돈 훔쳐 먹는 일이라 그리 재미도 없고. 어머니도 이젠 지쳤을 거예요. 빨리 내가 억세게 벌어서 모셔야 하는데 어디 그리 쉽소? 의부는 만날 고주망태에 진탕이나 치며 몇 년 살았지만 나갈 때 그나마 모아 둔 재물을 몽땅 들고 나가서 우리 집은 방나 버렸소. 그 여파로 지금도 어머닌 빚 때문에 이러지도 저러지도 못 하는 형편이니."

엉덩이 뒤를 털면서 일어서던 조 선달은 고삐를 바투 잡고 고개를 옆으로 돌리며 동이를 지긋이 바라봤다.

"허엄, 그 나쎄에 기특한 생각이야. 요즘 젊은이답지 않은 말이야. 첫눈엔 아리잠직한 면이 있더만 듣고 보니 어른스럽네. 부모를 모시는 일에 어디 법이 있던가. 근데 허 생원은 평생 하루치 장돌뱅이로 지낼 팔잔 줄 알았는데 이번 제천행엔 나달이나 붙박이로 지낼 생각이니 별일이군. 자, 생원. 출발하려나? 달도 지고 곧 동이 틀 걸세. 속도 출출한데 주막에 부지런히 가야지. 생원?"

선달도 동이도 일어섰건만 허 생원은 일어설 생각이 없는지 그대로 앉아만 있었다. 선달이 허 생원을 재촉하건만 생원은 무슨 생각에 잠겼는지 못 들은 체했다. 그 모양을 물끄러미 보던 동이가 다가와 한마디 했다.

"아까 찬물에 들더니 어디 편찮으신가요, 생원님?"

생원은 어둠을 뚫는 눈을 동이에게 향하며 일어섰다.

"아니, 별일 없네. 잠시 생각이 어지러워서. 자, 그럼 다시 가볼까. 내가 뒤를 따를 테니 두 사람은 앞서게나."

셋은 내리막길로 접어들었다. 이런 산길에서, 더구나 내리막길은 여차하면 짐승과 사람이 다치는 수가 있는 법이다. 선달을 선두로 동이 생원이 일렬로 걸었다. 어느덧 달은 완전히 넘어가고 오른쪽 산부리에 옅은 빛이 솟아오르면서 새벽을 맞이하고 있었다. 어디선가 삐삐루삐루루, 치르룻치르룻 하는 새들의 청아한 음향이 이슬에 묻어 귓바퀴에 굴러다녔다.

허 생원은 뒤에서 노새 고삐를 잡고 천천히 걸었다. 내리막이라 나귀의 굽에 신경을 썼다. 나귀는 갑자기 낮은 소리로 울었다.

우워어스 우워어스… 히으흐이.

울음소리는 새벽 산안개로 축축이 젖은 돌길로 퍼졌다. 고요한 산중에서 듣는 나귀의 울음소리는 일터로 나간 엄마 찾아 울다 울다 목이 쉰 어린애 울음소리와 닮았다. 생원은 귀를 심장으로 활짝 열어젖혔다. 앞에서 주단포목을 가득 담은 고리짝 두 개를 실은 나귀가 길게 푸푸거리며 힘겹게 내려가고 있었다. 고삐를 잡은 동이의 듬직한 뒷모습이 살갑게 다가왔다. 곁에 나란히 가면서 실없는 말이라도 나누고 싶었지만 길은 좁은 외길이라 그럴 수 없음이 애석했다.

"자넨 원래 왼손잡인가?"

동이는 뒤로 돌아보지 않고 대답을 흘렸다.

"저도 모르지요. 언제부터 왼손잡이였는지. 철들고는 제가 왼손잡인 걸 알았어요. 그러고 보니 생원님도 왼손잡이네요. 얼마 전에 돈 세는 걸 보고 알았는데요…"

"아냐. 난, 나는 양손잡인걸. 때로는 양손잡이가 매우 유용하다네. 흐흐."

물론 이 말은 거짓말이다. 허 생원은 타고난 왼손잡이다. 순간적으로 동이의 말에 어깃장을 놓았다. 이런 마음이 어디서 튀어나왔는지 몰랐다. 무심코 뱉듯이 한 말이었지만 생원은 속이 쓰린 것을 어쩔 수 없었다. 물에 빠져 동이의 등에 업힐 때부터 오간 여러 말을 한마디도 잊지 않고 있는 생원이었다. 걸으면서 건밤을 꼬박 새운 판이라 몸이 피곤함 직도 하지만 생원의 머릿속은 새벽이슬을 머금은 것처럼 차가웠다. 그럼에도 사실대로 말하지 않은 자신의 마음을 생원 스스로도 도무지 알 수가 없었다. 무언가 바닥에서 위로 치미는 힘이 있었다. 하마터면 내뱉을 뻔했다. 이런 방정맞기는. 쯔쯔 어리보기 같은 늙은이가.

'이놈아, 나도 타고난 왼손잡이야. 너와 같은!'


마지막 자드락길을 오르면서 여기저기 튀어나온 너설에 나귀 발굽이 다치지 않을까 조심했다. 이미 몇 번이나 다쳐서 낭패를 본 적이 많았기 때문이었다. 좁은 언덕에는 역시 나귀 힘이 부쳤다. 점차 앞과 거리가 벌어졌다. 강을 건너고는 내빼듯 걷던 기운은 한풀 꺾였다.

어느덧 동편에서부터 희번하게 밝아오기 시작했다. 새소리는 더욱 요란스러워지고 나귀도 새소리에 맞춰 걸음을 재게 움직이려 했으나, 생원은 고삐를 단단히 잡고 앞과 한참 떨어져 걷고 있었다. 몇 번인가 선달과 동이는 서붓거리던 걸음을 멈추고 생원을 기다리곤 했다가 다시 움직였다. 그럴 때마다 동이는 파근한 듯한 생원을 안타까운 표정으로 잠시 바라보다가 다시 댕돌같은 걸음을 옮겼다. 자신은 힘에 겨운 듯 걷고 있지만 동이의 꿋꿋한 걸음을 내심 흡족히 여겼다. 젊었으니까. 읍내 나귀새끼도 이젠 저렇게 당당하게 걷겠지. 생원은 자신의 근력이 쇠했다는 사실에 고개를 끄덕였다.

부연 메밀밭이 펼쳐진 벌이 내다보이는 곳에 잠시 쉬어 가는 반석이 있었다. 생원이 다가가자 앉아 숨을 가라앉히던 두 사람은 천천히 오는 생원을 물끄러미 바라보았다. 이럴 때면 항상 생원을 보고 놓치던 조 선달도 어인 일인지 묵묵히 곰방대만 빨고 있었다. 생원이 반석 끝에 앉아 한숨 돌리자 담배쌈지를 내밀었다. 생원은 허리춤에서 곰방대를 뽑아 담배를 꾹 넣고는 맛있게 빨았다. 선달은 한참 맛있게 먹던 담배를 바위에 털고는 생원에게 말했다.

"생원. 오늘은 상태가 영 그러네. 아깐 나도 못 쫓아갈 기세로 내빼더만 이번엔 무겁지도 않은 몸뚱이를 끌고 다니는 듯하니 말일세. 평소 서풋서풋 걷던 걸음이 이번 밤엔 영 아닐세. 그래서야 오늘 대화 장을 보고 다음 날 새벽같이 제천으로 갈 수 있을라나 모르갔네."

선달은 다시 곰방대를 바위에 턴 후 허리춤에 꽂았다.

"생원님, 혹시 강에서 찬 기운 쐬더니 고뿔 드셨어요? 좀 잔약하게 보이오."

"아하, 이 사람아. 내가 그동안 같이 다녀도 생원이 개좆부리에 걸린 적을 본 일이 없구마. 겉은 홀쭉해도 속은 나잇살에 비해 야무진 사람일세. 그런 소리 말게."

선달은 동이를 나무라듯 새된 목소리를 냈다. 허 생원은 앞산 봉우리를 바라보며 묵묵히 앉아만 있었다. 햇귀가 반짝 봉우리에서 빛났다. 사방은 희붐하게 빛이 터지고 있었다. 산바람이 시원하게 불어오는 사이로 동살이 비치기 시작하자 청맹과니 같은 생원의 눈에 모든 사물이 차분하게 들어왔다. 부연 메밀밭 건너 한 마장쯤에 땅에 파묻히듯 가라앉은 초가 몇 채와 얕게 눌린 기와집이 새벽안개 속에서도 흐릿하게 보였다. 말없이 바라보던 생원이 벌떡 일어났다.

"가세나. 한 마장을 냉큼 걸어가서 속 후련히 해장국이라도 넣어야지. 탁배기 생각도 간절하구만. 오늘 저녁은 내가 조촐하게 술상을 보겠네."

세 사람은 앞서거니 뒤서거니 빠르게 걸었다. 바람결에 밀려오는 구수한 메밀 향기가 온몸으로 스며들었다. 넓은 길로 접어

들자 허 생원은 뒤처지지 않고 걸음을 크게 옮겼다. 해는 산 위로 반 뼘쯤 솟아 부챗살 같은 빛줄기가 온 사방으로 퍼졌다. 빠른 발걸음은 순식간에 한 마장 거리를 지워 버렸다. 장터거리는 가끔 짖어 대는 개 울음 속에서 자오록한 아침 연기에 잠겨 있었다. 어디선가 장꾼을 불러들이는 달금한 냄새가 밤을 지새운 세 사람의 속을 휘저었다. 꼭두새벽이 지나고 살찬 햇빛 속에 대화 장터는 점차 살아 움직이고 있었다. 개 몇 마리가 무리지어 쓰레기통 부근에서 흙투성이 먹이를 서로 다투며 으르렁거렸다. 잠 없는 농사꾼 몇은 벌써 지게를 지고 집 건너 밭으로 부지런을 떨고, 장터 목 좋은 곳엔 몇몇 발 빠른 장꾼들이 휘장을 치고 있었다. 급한 축들은 벌써 전을 벌인 후 앉아서 뻐끔뻐끔 담배 연기를 날렸다.

"성질 하난 더럽게도 급하구만. 저 패들은 대체 언제 와서 벌써 담배질이니 원."

동이는 어이가 없다는 듯 주절대다가 초가집 벽 그늘이 질 듯한 곳에서 짐을 부렸다. 조 선달과 허 생원도 각자 좋은 목을 골라 자리를 잡아 말뚝을 든든히 박고 휘장을 쳤지만 아직 전을 벌이지는 않았다. 그들보다 빨리 일을 마친 동이는 두 사람 쪽으로 슬슬 다가와서 쑥 들어간 뱃가죽을 쓰다듬으며 보챘다. 해장국을 해야 되지 않느냐는 듯. 두 사람도 누가 먼저랄 것도 없이 일어서서 객줏집으로 향했다.

　시장통 구석 골목으로 들자마자 구수한 선짓국 냄새가 빈속을 긁어 댔다. 사립문을 들치고 들어서자 좁은 대청과 방에는 반 넘어 객들이 앉아 탁배기를 놓고 해장국을 부지런히 먹고 있었다. 강릉댁은 머리쓰개를 허름하게 쓰고 치맛단이 바닥에 끌리는 줄도 모르고 부지런히 술상과 안주를 나르느라 정신이 없었다. 조 선달이 헛기침을 서너 번이나 한 다음에서 눈길을 돌리며 밀알진 표정으로 종종 다가오며 반기는 척했다.

　"하이구, 일찍이도 오셨네요. 장도막마다 찾아 주니 그저 고맙기 그지없네요. 저기 뒷방에 가면 상이 있으니 잠시만 기다리시구려. 무얼 올릴까요?"

　"그냥 선지국밥 세 개 말아 주고. 아참, 시원한 탁배기 석 잔도 올리게. 허으음!"

　셋은 자리에 앉아 잠시 기다렸다. 마흔 중반이나 됐을까. 나부죽한 얼굴에 키가 작달막하지만 허리를 동여맨 몸새로 제법 반반한 계집이었다. 음식과 술은 금방 차려졌다. 빈속에 더운 국밥과 술이 나오자, 세 사람은 약간 건건한 국밥에 사발술로 성급히 끼니를 채웠다. 모두 말이 없었다.

　"한 잔 더 하겠는가, 조 선달?"

　"이만 됐네, 아마 오늘도 더운 장이 될 텐데 더 하면 뒷감당이 힘들겠어. 일어나세. 첫 국밥이니 내가 냄세."

"그럼 점심은 제가 내지요."

"총각 비린내 나는 점심 한 번 먹어 보겠군. 하하. 저녁은 순댓국으로 내가 상을 본다고 말했었지? 가세나."

허 생원은 앞장서서 나오며 동이의 어깨를 툭툭 쳤다. 생원의 활발한 낌새에 오히려 조 선달이 묵묵히 걸었다. 산길에서 내려와 대화 장 가까이 오면서부터 생각에 빠진 듯한 표정을 계속 이어 갔다. 마지막 언덕을 오를 땐 허 생원이 묵묵했으나 벌을 지나 대화 장터에 다가갈수록 이번에는 조 선달 쪽이 입을 다물었다. 세 사람이 각기 자신의 전에 가서 노새 위에 얹은 잡다한 방물과 주단포목을 보기 좋게 진열한 후 생원과 선달은 다시 곰방대를 찾았다. 뻐끔뻐끔 연기를 뿜던 조 선달이 덥수룩한 턱을 매만지며 생원 쪽으로 다가와서 바로 앞에 쭈그리고 앉아 그를 잠시 살피듯 쳐다보았다. 마주 보는 허 생원은 주먹 상투를 튼 선달을 향해 몇 번 고개를 끄덕이며 자네의 의중을 알고 있다는 표정을 지었다. 우연히 만나 십 년 가까이 같이 돌고 걸으며 지내 온 사이었다. 밥도 술도 같이하고 서로의 마음을 트면서 진한 농담과 헐거운 짓거리도 서로 웃어넘기는 사이였다.

"아직은 손들이 올 때가 아니라서 미리 몇 마디 하겠네. 저녁

때는 그때 다시 말하기로 하고. 난 도대체 자네가 어떤 생각을 하고 있는지 궁금하네. 그래, 정말 낼 새벽바람으로 제천으로 갈 텐가? 동이와 같이?"

허 생원은 장터 구석자리에 매어 둔 늙은 나귀를 물끄러미 바라보았다. 수십 년을 같이 살아온 짐승이었으니 서로의 마음은 누구보다도 잘 통할 수 있는 유일한 대상이었다. 그러나 역시 짐승은 짐승. 지난 십여 년간 산길 들길 물길, 괴롭고 험한 장돌뱅이 생활에 서로 힘을 주고받은 유일한 친구였다. 잘못이 있어도 서로 감싸 주고 위로해 주며 지금까지 먼 길을 돌아돌아 지금까지 왔다.

"아둔한 나도 왜 짐작이나 못 하겠나. 밤에 강물에 넘어져서 동이에게 업혀 나누던 말들, 그 전후에 오고간 이야기를 내가 귀머거리가 아닌 담에야 어찌 등한히 흘릴 수 있었을까. 내 짐작이 틀림없네, 자네 혼자 세상 속에서 홋홋한 마음으로 살아갈 수도 있겠지만…. 제천 성 서방네 여자를, 동이 어미를 정말 만나려는가? 만나면? 자네도 이미 짐작했겠지만 동이의 왼손잡이. 동이에게 양손잡이라고 슬쩍 거짓 흘렸지. 이미 자네는 성 처녀를 찾을 생각을 접었으리라 난 짐작했네만. 장돌뱅이질에서 배운 게 있다면 바로 눈치뿐일세."

허 생원은 다시 건너편 짐승을 바라봤다. 해는 초가지붕 위로 비죽이 솟아 오늘 하루의 더위를 막 뿌리고 있었다. 나귀는 나뭇가지를 얼기설기 덮은 긴 장방형 우리 속에서 아예 바닥에 앉아 되새김질하고 있었다. 거친 산길을 걸은 후면 저 짐승은 오전 내내 저 모양으로 늘어져 졸거나 되새김으로 시간을 보내다가 오후 풀죽이라도 먹으면 비로소 일어나 몸을 움직였다.

"나도 짐작했네. 자네가 내 맘을 알고 있으리라는."

허 생원은 곰방대를 뽑아 쌈지 담배를 비벼 힘주어 다져넣은 후 불을 붙였다. 깊이 빨아서 콧구멍으로 살짝 내보내다가 입을 내밀고 길게 하늘로 뿜어 올렸다. 푸른 담배 연기는 두어 자 남짓 솟아오르다가 입에서 멀어지며 허공으로 스며들었다. 다시 물부리를 물고는 슬며시 손등을 그의 눈앞으로 디밀었다. 두 사람은 서로 보굿처럼 거칠어진 손등을 가만히 바라보았다. 거스러미가 너덜거리는 생원의 손가락은 늙도록 산골을 휘젓고 다니며 장돌뱅이로 반평생 지내 온 흔적이었다.

"이곳에서 새벽밥 먹고 해껏 걸어도 이틀이나 먹히는 제천일세. 동이, 저 애… 자네야 내가 왜 봉평 장을 꼭 거치는지 알겠지만 저 애는 몰라. 알아서 뭘 하겠는가. 내가 자기 어미 흔적을 찾는다고? 저기 짐승을 보게나. 얼마나 더 짐을 부릴 수 있을까. 나와 같이 지내 온 수십 년 세월에 저렇게 패리하게 변했네.

처음 동이 얘기를 듣고 밤하늘이 그리 푸르게 보일 수가 없었어. 아주 사라진 꿈처럼 지내 왔지만 그 순간 다시 읍내 저 나귀 새끼처럼 온몸에 피가 돌더군. 그러다가 자네가 봉화 가족을 가을에 불러 이곳에서 전방을 열고 붙박이로 살아가리라는 생각이 불쑥 들었네. 나도 그럴 기회가 왔어. 더 이상 떠돌이 생활을 접을 때가 온 걸세. 그렇게 생각했네만."

허 생원은 마지막 연기를 흠뻑 빨고는 허공으로 길게 내뿜었다.

"자네는 될 거야. 암. 되고말고. 그날이 오면 세간 한 쪽은 내가 선물로 장만하겠네. 허허허…. 그러나 나를 보게나. 동이 얘기에 가슴 뛰고 핏줄이 터질 것 같았지만, 차츰 정신을 차리고 내 꼴로 다시 돌아왔네. 빈털터리에 얼금뱅이인 내가 손등처럼 갈라 터진 지난 흔적에 참기름 바른다고 개 꼬리 삼 년에 황모 되겠나. 동이 어미, 성 서방 딸도 산전수전 겪으면서 살아왔을 터. 그 긴 세월에 나 같은 빈털터리를 바라고 지내 왔을 것 같은가. 다행히 저 애는 야무진 녀석이라 지 에미 하나는 잘 봉양할 인물일세. 말끔한 색시도 얻고 새끼도 주렁주렁 낳고. 거기에 내가 낀다고? 아서. 말아라."

"동이 입으로 말했잖아. 동이 애비를 은근히 바라는 눈치더라는. 동이 에미가 그렇게 말일세."

"사람이란 게 막연히 지나간 흔적을 좇다 보면 귀신이 물색

좋게 보일 수 있는 법이라는 걸 자네도 짐작할 걸세. 난 내 길을 가겠네. 근력이 거의 다했지만 걸을 때까지 장터를 돌다가 힘이 부치면 잊어버린 청주라도 가 볼까나. 맘씨 고운 친척에게 몸을 맡기고 하늘이나 보면서 지낼 일이네. 지난밤, 몇 년 전까지 서로 소식을 전한 먼 일가붙이가 불현듯 떠올랐어. 그러나 아직은 먼 얘기고…. 술맛이 아직은 살아 있고 걸음이 빠르지는 못 해도 그럭저럭 산을 넘을 수 있으니 푼돈이라도 모아서 뒷일을 살피는 수밖에.

첫날의 그 일도 평생을 두고 생생하지만, 사람이란 것이 어디 그렇기만 할까. 차츰 세월에 바래고 닳아 희미하게 변하면, 그건 정말 감당하지 못할 일이지. 그냥 살아 있는 옛 그림처럼 지금은 품에 넣고 지내는 게…. 그게 내 운명이라는… 사람이란 게 제 길을 알아서 가야지. 안 그런가?"

허 생원은 배를 바닥에 깔고 누워 있는 짐승을 잠자코 보다가 눈에 각다귀가 들어갔는지 때 묻은 소매로 눈두덩을 문질렀다. 두 눈이 붉게 상기되었다. 잠시 앞만 보다가 불쑥 일어났다.

"잠시 전을 봐 주게나. 곧 돌아오겠네."

조 선달의 대답은 듣지도 않고 일어서서 아직도 장꾼이나 손들이 듬성듬성한 장터를 질러 걸어갔다. 선달은 말리지 않았다. 평소 그답지 않게 풀어놓은 긴 사설만큼이나 목이 마를 일이었다. 목보다 가슴이 더 타오를지도.

"나도 어서… 강쇠바람이 심해질 때쯤이면…."

다시 버릇처럼 곰방대를 꺼내 담배통에 담배를 꾹꾹 누르고
는 물부리를 입에 물었다. 벌써 지붕 위에서 햇발이 눈부셨다.

# 꽃과
# 꽃자리의
# 기억

김별아

장터에는 어떤 냄새가 있다. 떠도는 바람의 비릿함, 흩어지는 먼지의 매캐함이다. 새벽밥을 지어먹고 집을 나선 촌로의 옷자락에도, 지난 장의 오그랑장사를 이번에 벌충하려 서둘러 좌판을 벌이는 장꾼의 손끝에도, 쏠라닥질에 재미 들린 각다귀들의 소란에도 그 냄새는 묻어 있다.

　중천에 걸렸다 기우는 해걸음이 촌촌이 바특하다. 가마솥의 국은 끓어 넘치고 장작불도 급하게 탄다. 장꾼들의 호객과 흥정의 대거리 사이로 각설이의 장타령이 끼어든다. 들썽들썽하다. 어수선산란하다. 무엇도 머무르지 않는다. 장터의 냄새는 머무르지 않는 것들이 풍기는 노골적인 비밀의 냄새다.

　"어, 되다…!"

　허 생원의 메기입에서 절로 새는 소리렷다. 행여 지만치에 떨어져 앉은 조 선달에게 들렸을세라 얼른 입을 윽다물었다. 아무리 글러먹은 여름 장 쓸쓸한 장판이라도 장사치가 흘려서는 안 될 탄식이었다. 한데 천리이까지는 아니더라도 귀 밝고 눈치 빠르기로 칠월 귀뚜라미 같던 조 선달도 예전 같지 않다. 잡지도 부르지도 않고 멀뚱멀뚱 귀가하는 마을 사람들을 쳐다보고 앉은 주제에 허 생원이 흘린 소리마저 듣지 못했나 보다. 알은체하고 퉁을 놓으면 어쩌나 했던 것이 무색하다. 조 선달도 허 생원처럼 꼼짝없이 늙었다.

"좋다!"

한때 허 생원은 같은 자리 같은 풍광 앞에서 흥이 올라 감탄했다. 고향이 있다지만 잊은 지 오래였다. 털고 일어난 자리는 미련 없이 잊었다. 객줏집 술청에서 한잔 술에 취하면 이번 장에서 다음 장까지의 강산이 모다 그리운 고향이라고 목청을 높였다. 낯선 마을의 낯선 불빛이 나그네의 눈앞에서 따뜻하게 깜박거렸다. 우둔우둔 뛰놀던 가슴은 언제라도 떠날 수 있다는 기대 때문이었다. 그리고 언제라도 돌아올 수 있다는 믿음 때문이었다.

모두가 젊음의 장난질이었나 보다. 역마의 신살神殺을 앞세워 세상 구경을 자랑삼던 시절은 어느덧 지나고 가슴보다 다리가 후들후들 떨린다. 이십 년을 떠돌았으니 질리고 물릴 만도 하다. 바람에 나부끼고 먼지처럼 흩어져도 아랑곳 않던 혈기와 용기는 한낱 애송이의 객기였던지라! 장터 곳곳과 장꾼들의 숨구멍

에까지 밴 매캐한 냄새가 욕지기난다. 이제 허 생원은 인정해야 한다. 여우가 죽어 가며 머리를 살던 굴 쪽으로 두는 까닭을 헤아릴 만큼 그는 더 이상 젊지 않다.

"객줏집은 물색해 두었나? 덕산집은 아예 장사를 접었다는 소문이 들리더니."

벌린 입을 그제 다물기 객쩍어 오늘 밤 잠자리를 물었다. 장마당의 주먹셈이나 안살림살이는 조 선달의 차지였다. 재바른 몸놀림에 약빠른 성미가 굳이 몫몫을 나누지 않아도 뒷수쇄를 제 일로 여겼다. 그럼에도 때로는 만사가 귀찮기도 했으련만 투미한 허 생원을 타박하지 않고 상추쌈에 고추장처럼 붙어 다니는 것은, 동업을 시작한 지 얼마 되지 않아 조 선달이 장질부사에 걸렸을 때 허 생원에 대한 고마움 때문이었다. 낯선 영남 땅에서 위로 뿜고 아래로 싸는 조 선달을 떠나지 않고 구완해 살려 냈으니 그들의 우정에 냄새가 있다면 물찌똥의 쿰쿰한 냄새일 게다.

"덕산 할매가 풍을 맞아 자리보전을 했다니 반편스러운 아들놈이 혼자 배겨 낼 방도가 없지."

"그럼 오늘 밤은 어디루?"

"장돌뱅이 이십 년에 그깟 풍찬노숙이 두려울쏘냐?"

조 선달이 개 귀에 방울 같은 호걸웃음을 너털거린다. 허 생

원의 낯빛이 초조한 것을 한데서 바람 먹고 이슬에 잠잘 걱정
으로 넘겨짚은 게다. 태어난 해는 달라도 달수로 따지면 반년
안쪽이니 갑장이나 다름없건만 늙은이 취급하는 듯해 언짢다.
허나 한편으로는 조 선달의 무심함이 다행스럽기도 하다.

"동이가 있었다면 길라잡이로 세웠을 텐데…."

홀리듯 슬쩍 허 생원이 말문을 텄다.

"글쎄 개똥도 약에 쓰려면 없다더니, 경황없이 헤어져 가는
통에 객줏집은커녕 장마당 어디쯤에서 만나자는 기약도 못 했
네."

"제천으로 오긴 온다던가?"

"올지 말지야 동이 놈 마음에 달렸지. 처음엔 고개를 꼬더니
만 우리가 간다니 마지못해 따라나섰는데 임시낭패야. 하필이
면 주천강 앞에서 딱 하나 있는 불알동무가 부친상을 당했다
는 부고를 들을 게 뭐람. 산 하나만 넘으면 제 집인데 영남까지
내려갔으니 쉬이 돌아오려구?"

"그래도 가을에 모친을 모셔 올 작정까지 하고서 멀리로 내
빼겠는가?"

"말로야 무슨 꽃노래를 못 할까? 열여덟 살에 집을 뛰어나와
서 입때 떠돌았는데 솥 떼어 놓고 삼 년인 게지. 문상을 마치고
나와 번성한 영남의 장판을 기웃거리다 보면 늙은이들과 했던

약속 따윈 까맣게 잊기 마련! 생원도 나도 젊은 시절 모다 겪은 일이 아닌가?"

조 선달의 한마디 한마디가 아프다. 평창강에서 주천강까지 동이와 동행해 올 때만 해도 당장에 가족 상봉의 경사가 날 듯하였다.

'아무래도 그래.'

왼손잡이가 눈에 띄고부터였다. 허 생원의 아둑시니 같은 눈이 돌연한 광채를 발하며 동이의 일거수일투족을 좇았다. 알알샅샅이 보자니 과연 그랬다. 난질꾼처럼 껄렁한 품새는 백중날 풍물소리에 들썩거리던 꼴을 빼쏘았다. 시빗주비를 빤히 쳐다보던 상기된 눈망울은 투전판에서 한몫을 잡아 보려 밤을 새던 그때와 닮았다.

'녀석 이름만 해도 그래.'

난전에 좌판을 벌여 놓고 하는 장사의 알짬은 흥정이 아니라 기다림이다. 설렘이나 흥분이 아닌 무료함과 싫증 속에 기어코 견뎌 내는 기다림. 인생이 대저 그러하듯. 곰의 발바닥도 꾀가 있으니 제 살 궁리는 다 하게 마련이었다. 기다림 속에 잔뼈가 굵다 보니 뜻밖에 생겨난 재주가 있었다.

'제천에서 봉평 쪽으로 바라보는 방향이 '동'쪽 아닌가?'

허 생원의 숨은 재주는 몽상이었다. 멀쩡히 생눈을 뜬 채로 꿈속을 어루더듬는 생각이었다. 꼬리에 꼬리를 물며 이어 나가다 보면 말라빠진 생각도 살이 붙어 그럴 듯해졌다. 저 혼자 짐작하고 풀이하다가 끝내는 철석같이 믿게 되곤 하였다.

'허동이, 허동이…!'

누구 씨를 배었는지 알고도 모르는 채 배가 부풀어 오르는 여인이 눈에 삼삼하다. 집안에서 쫓겨나 타지에서 몸을 풀 때 설움과 원망도 없지 않았으련만, 그래도 꽉 막힌 산을 넘어 강줄기를 따라 올라간 첫사랑의 자리를 잊지 않았던 게다. 동에서 얻은 아이라 동이일지니, 열여덟 살짜리 아들이 제 아비와 같은 장돌뱅이가 되겠다고 나섰을 때 팔자 도망은 못 한다는 탄식을 삼키며 어여 떠나라, 등을 떠밀었을 게다.

"동이 집이 제천 어느 모퉁이라는 소리는 못 들었나?"

"물어보려는 차에 놓쳐 버렸네. 어딘지 알면 찾아갈 요량도 아니지만."

"왜? 못 찾아갈 까닭은 무언가?"

무심한 조 선달의 말에 불뚝심지가 솟아 버럭 대꾸하고는 이내 허둥지둥 덧붙였다.

"혈혈단신으로 아들을 기르며 한때 술장수까지 했다니, 이제와 아들도 서방도 없는 마당에 놀고먹을 성미는 아니지 않겠는가? 또 모르지, 동이 모친이 제천 어느 구석에서 객줏집을 하고 있을지도."

군색스러운 구실이 뱉어 놓고 보니 그럴 듯했다.

"그러게, 그럴 수도 있겠네. 한 치 앞을 못 내다보고 조막손이 달걀 놓치듯 했구먼."

조 선달이 이상스런 눈치를 채지 못하고 머리를 주억대는 꼴을 보니 더 그랬다. 제 짐작이 헛된 것만은 아닐 수도 있다는 생각에 허 생원은 주천강 앞에서 헤어진 동이가 다시금 아쉬웠다. 그리고 어쩌면, 아니 봉평의 성 서방네 처녀였음이 분명한 동이의 모친이 그리웠다. 세 식구가 해후상봉해 얼싸안고 한바탕 목 놓아 울었더라면…. 그때 조 선달이 줄기를 냅다 뻗는 몽상에 찬물 한 사발을 끼얹었다.

"그나저나 객줏집에 들면 자네 나귀부터 간수해 돌봐야겠네. 봉평 장에서 소란을 피운 뒤로 아무래도 상태가 예사롭지 않아."

각다귀의 작패에 놀란 탓인지, 아니라면 정말로 김 첨지 당나귀를 보고 발광한 끝인지 늙은 짐승의 몰골이 심상찮다. 사람으로 하자면 오한이라도 든 듯 부들부들 떨며 내내 입을 불고 코를 벌름거렸다.

"노마야!"

목덜미에 걱정스레 손을 얹으니 먼지와 식은땀이 엉겨 선뜻

하였다. 허 생원에게는 그 한기가 놓지 못한 생의 미련인 듯 갸륵하게 느껴졌다.

"덕산집 말고 물색해 둔 데가 있다는 겐가 없다는 겐가? 제대로 된 마방이 아니라면 길바닥에서 일 치겠네!"

늙어 비영비영할지라도 주인을 알아보고 반길 줄 아는 미물 아닌 영물이다. 이십 년 친구인 나귀가 무슨 큰 병이라도 걸렸을까 봐 허 생원은 단꿈을 단숨에 잊고 다급한 마음에 조 선달을 볶아쳤다.

"어허, 늙어 된서방 만난다더니 어쩌자고 성미 마르게 구는가? 설마 내가 작정도 없이 난전에 궁둥짝을 붙이고 앉았겠나?"

"새 객줏집을 물색해 두었다는 겐가?"

"대화 장에서 소금 장수에게 물어 알아 놨지. 제천 장에 술 등을 건 햇수는 오래되진 않았는데 주모의 음식 솜씨가 좋아 아는 자들은 모다 안다나?"

오늘 밤 묵을 데가 정해졌다니 금세 마음이 녹었다. 나귀가 당장에 죽어 나갈 것도 아닌데 조 선달에게 발끈하며 속을 보인 게 민망하다. 허 생원은 서둘러 안장을 얹고 짐을 실은 뒤 나귀의 고삐를 채어 앞나섰다.

다 비슷비슷한 냄새, 다 비슷비슷한 사연. 장터의 냄새가 고만고만하듯 사람살이의 모양새도 어금버금하지만 제천 장에는 조금 다른 향기가 있다. 당귀, 작약, 맥문동, 하수오, 구기자, 오미자…. 떠도는 공기와 행인들의 옷깃에도 달콤씁쓸한 냄새가 묻어 있다. 제천 장은 대구, 전주와 더불어 조선의 3대 약령시장의 하나인 것이다. 위로는 강원도와 충청도, 아래로는 경상도와 전라도에서 난 약초들이 모여들어 약초전을 꾸미니 이름이 높은 만큼 향기도 진진했다. 쿵쿵 약초 향내를 들이마시는 허 생원의 코가 기분 좋게 벌름댄다.

"마누라, 마누라 화내지 마오. 내가 하수오 사 줄게!"

약상이 떨이를 하려는지 노랫가락에 옛말을 실어 호객한다.

"성난 마누라도 달래는 하수오 사시오! 파뿌리 된 머리를 검은 머리로 돌려주는 하수오라오!"

약상의 호객 소리에 허 생원의 발걸음이 멈칫한다. 병과 상처를 고쳐 원래로 되돌리는 게 약이라지만 아픈 줄도 모른 채 앓아 버린 세월까지 돌려줄 수 있으려나?

"에끼, 아무리 급하대도 길도 모르는 채 하냥 가려나?"

허 생원이 멍한 사이 따라잡은 조 선달이 거친 숨을 고르며 지청구한다. 그러다 허 생원의 눈길이 약초전의 하수오에 꽂힌 걸 보고는 낄낄 웃어 댔다.

"왜? 검은 머리 파뿌리 되게 산 인연도 아니면서, 옛 처녀를 만나면 하수오라도 사다 바치려구?"

조 선달이 웃음거리로 삼아도 상관없었다. 허 생원은 내처 동이가 올 때까지 제천에서 버티며 기다리기로 작심했다. 그깟 하수오 정도야 얼마든지 장복하도록 사 댈 수 있다.


객줏집은 장터에서 멀지 않은 새말 주막거리에 있었다. 대로에서 동쪽으로 앵돌아앉아 뜨내기를 상대로 장사하기에는 좋은 목이 아닌데 소금 장수의 말대로 음식이 맛깔나서인지 길갓집에 처지지 않았다.

"저놈이 걱정이네. 꼴은 넉넉히 넣어 줬는데 물만 마시고 도통 쳐다보질 않어."

마구간에 다녀온 허 생원의 낯빛이 어두웠다.

"늙은 게 병이지, 별 탈이 있겠어?"

조 선달이 위로랍시고 건네는 말을 허 생원이 득돌같이 받았다.

"엎어진 김에 쉬어 가야겠네. 손구구를 해 봤자 글러 먹은 여름 장이 대순가?"

위용스럽던 긴긴해도 어느덧 서산마루로 기울고 있었다. 길바닥에서 종일 시달린 먼지투성이 몸에 찬물을 끼얹고 나니 탁주 한 사발이 간절했다. 조 선달이 국밥 두 그릇에 탁주 한 방구리를 주문했다.

"장판은 한갓진데 객줏집은 문전성시라."

"옷은 안 지어도 밥은 먹어야지."

자리에 앉으니 허기가 더한데 주문한 술과 국밥은 또 한참을 기다려야 했다. 상을 나르는 주모의 뚱뚱한 얼굴을 보니 재촉을 해 봤자 씨도 먹히지 않을 듯했다.

"소금 장수가 귀띔하지 않던가?"

"무얼?"

"치마 걸친 장비가 객줏집 주인이라고."

평소 않던 허 생원의 우스갯말에 조 선달이 웃음을 참느라 어금니를 물고 대꾸했다.

"초면에 구면인 듯하더니 전기수의 소개로 삼국지에서 만났었구면."

계집 인물 품평은 못난 사내들의 소견거리지만 객줏집 주모는 여간해선 말밥을 벗어나기 어려운 외양이었다. 웬만한 남정네 뺨치는 걸때에 잔뜩 찌푸려 내 천川 자를 그린 미간이 미추를 넘어 위압적이었다. 허 생원과 조 선달이 목물을 하는 사이에도 한바탕 소란이 있었다. 낮술에 취해 불쾌한 껄렁패가 나타나 손님에게 시비를 붙이니 주모는 가타부타 말 대신 댑따 구지렁물을 끼얹어 나이 먹은 각다귀들을 쫓아 버렸다. 품새만큼이나 기세가 대단했다.

"행여 반찬 타박일랑 언감생심일세."

"그래서 소금 장수가 젊은 축은 여기서 밥만 먹고 의림지 쪽
으로 넘어간다고 했구먼."

"밥은 예서 먹고 잠은 의림지에서 잔다고?"

"잠만 자겠나? 술도 먹고 투전판도 벌이겠지. 온 나라에 짜하
게 소문난 풍류장이 아닌가?"

제천 의림지 근방의 주막거리는 예부터 알아주는 화류항이
었다. 해빙기에 나타나 초파일에 사라지는 의림지에서만 번식
한다는 공어公魚회가 미식가들을 불러 모으고, 그 은빛 물고기
떼를 따라 팔도에 내로라하는 기녀들이 의림지 주변 술집으로
모여들었다.

"공어며 기녀들이 지금도 있는가?"

"봄이 갔으니 물고기도 여자도 없지. 그래도 젊은 혈기에 남
은 비린내며 분 냄새라도 맡으려고 쫓아들 간 게지."

"서푼짜리 장사에 매화타령이 웬 말?"

허 생원이 코웃음을 치자 조 선달이 턱 끝으로 개다리소반을
한 손으로 들어 올리는 주모를 가리켰다.

"장팔사모 아래 숨죽이는 거보다야 낫지."

중늙은이 둘이 낄낄대는 사이에 평상이 한산해지고 기다리

던 국밥과 술이 나왔다.

"허어, 시원타!"

시장이 반찬이라 그런지 나온 음식이 달았다. 설설 끓어 나온 국밥으로 달랜 배 속에 진한 탁주가 술술 들어갔다. 잘 익은 깍두기에 싱싱한 풋고추까지 전부가 맞춤했다. 배가 부르면 딴 생각이 드는 것도 젊어서이지 배가 불러 흡족하니 더 바랄 게 없었다. 하늘에는 봉평에서 보았던 그 달이 떴다. 부드러운 빛을 흐뭇이 흘리는 달은 물방앗간의 추억과 동이의 탐탁한 등허리를 떠올리게 했다. 흐뭇한 취기가 오작오작 번져 갔다.

"한 방구리 더 할까?"

"취하려구?"

"취하면 어때?"

조 선달도 달빛에 취했는지 말리지 않고 술을 시켰다. 자줏빛 담배 연기가 모깃불과 엉겨 거불거불 피어올랐다. 가을에 장돌뱅이 생애를 하직하고 대화에 전방을 벌여 식구들을 부르겠다니 조 선달과의 이별도 머지않았다.

'옛 처녀나 만나면 같이나 살까⋯.'

농처럼 말했으나 농만은 아니었다. 붉은 대궁 위로 피기 시작한 꽃이 소금을 뿌린 듯 숨 막혔던 달밤, 하얀 꽃만큼이나 하얗던 성 서방네 처녀의 가르마가 눈에 선했다. 봉평서 제일가는 일색이라고, 조 선달에게 귀에 못이 박히도록 말하고 스스로도 믿었건만 정작 이목구비는 기억나지 않는다. 어려운 집안 형편에 도망치듯 가는 시집은 죽어도 싫다고 벋대었다니 제 처지가 서럽고 괴로워 울고 있었을 거라, 그 또한 소문으로 미루어 짐작한 바였다. 좋았는지 싫었는지 연정이었던지 체념이었는지…. 모두가 세월에 빛이 바래고 선명하게 떠오르는 건 가르마 하나뿐이다. 그것이 희망의 끄나풀인 양 허 생원은 추억에 질기게 매달렸다.

"이게 뭐요?"

두 번째 탁주 방구리와 함께 새로운 음식이 나왔다.

"메밀묵을 쑤었기에 무쳤소."

"메밀묵이라는 걸 몰라서가 아니라 우리는 시키지 않은 거라."

조 선달의 능청맞은 대거리에도 주모는 눈썹 하나 까딱 않고 퉁명스럽게 대꾸했다.

"늦게 와서 늦은 밥 먹어 줬잖소."

"게야 당연치 웬 덧거리까지?"

"상놈은 나이가 벼슬이라 낫살 먹은 걸 내세워 꼴값하는 늙다리들이 좀 많아야지!"

치맛자락에 찬바람이 이는 장비 주모의 말인즉슨 메밀묵 한

보시기는 조 선달과 허 생원이 나이 많은 걸 내세워 장알거리
지 않은 대가렷다!

"어쨌거나 맨입이 서운했는데 안주를 내주어 고맙소. 메밀묵
은 오랜만이네!"

허 생원이 인사치레를 했다. 조쌀하게 늙은 덕에 얻어먹는 메
밀묵이 입안에서 살살 녹았다. 밋밋하지도 거칠지도 않고 담백
하니 신 김치와 어울려 맞춤한 술안주였다. 보시 중에 최고가
식보시라니 장비 같기도 하고 사천왕 같기도 하던 주모가 어느
덧 허물없었다.

"한잔 주면 받으시려나?"

조 선달이 잔을 건네자 주모가 젖은 손을 앞치마에 썩썩 닦
으며 평상 끝에 궁둥짝 반을 걸쳤다.

"깊은 산에서 목마르다면 호랑이를 본다니 사철 술을 빚어도
술추렴은 없는 팔자입지요!"

남실남실 부은 술을 한숨에 들이켠 주모가 신트림과 함께 한
탄을 터뜨렸다.

"객줏집 문턱이 닳을 지경이니, 노난 김에 얼른 벌고 털지."

"노나긴, 배만 채우고 저수지 논다니들에게 내빼는 축이 태반
인데 뭘."

"박달재엔 도토리묵인데 메밀묵은 웬일이요? 주모도 원래 제

천 사람이 아니오?"

"장마당에 본토박이가 얼마나 있으려구, 내건 술등이 타향살이 표식이라오."

조 선달과 주모의 수작 사이에 허 생원이 슬그머니 품었던 생각을 들이밀었다.

"저수지 주막거리에도 타관바치가 하는 객줏집이 있소?"

"영주집, 강릉집, 진부집… 여럿 중에 어느 집을 찾는데 그러오?"

영문을 모르는 조 선달이 퉁방울눈을 굴리는 사이에 허 생원의 탐문이 급해졌다.

"혹시, 봉평집은 없소?"

허 생원의 짐작으로 동이의 모친은 저수지 근처에 살고 있을 듯했다. 목구멍이 포도청이니 의부와 헤어진 후 배운 도둑질로 술장수를 할지 모른다. 도화살에 역마살까지 끼어 떠도는 기녀들을 챙겨 쓸쓸한 웃음과 빛바랜 교태를 안주로 팔지도 모른다.

'까짓, 용서해 주고 용서받지!'

무섭고도 기막힌 밤으로부터 도망친 죄를 새서방 얻어 술장사한 것과 에끼기로 했다. 취기가 더해 한층 발랄해진 몽상으로 허 생원의 입이 헤벌어졌다. 손대지 않고 코를 풀 듯 졸지에 여편네와 자식을 얻을 기세였다.

"봉평이라면…."

마당 구석에 피워 놓은 모깃불이 사위고 있었다. 주모가 대답 대신 벌떡 일어나 모기쑥을 한 아름 안고 돌아왔다. 토방에선 코 고는 소리가 낮게 새어 나오고 조 선달도 어느덧 꾸벅꾸벅 졸고 있었다.

"물방앗간은 물소리가 나서 목 놓아 울기 좋았지. 집안이 당장 망해 나갈 지경이라 빚쟁이들이 몰려들어 한시도 조용할 날이 없었거든. 딸년을 짐짝 취급하는 부모가 혼처라고 들이미는 게 늙다리가 아니면 머저리, 헌데 울타리가 허니까 이웃집 개가 드나든다고 지분거리는 놈들이 한둘이 아니더라구."

풀썩 던져 넣은 모기쑥은 덜 말랐는지 연기가 매웠다. 주모가 솥뚜껑 같은 손으로 짓무른 눈을 썩썩 비볐다. 달빛에 오로지 하이얀 가르마가 번쩍 빛났다.

"될 대로 되라지, 다 던지고 놓아 버리고 싶었지. 잘난 놈이나 못난 놈이나, 얼굴 얽은 놈에 다리 저는 놈에 말더듬이와 곰배팔이도 사내라면 하나같았어. 제 볼일을 보고 나면 줄행랑을 놓아 버리곤 돌아온다는 약속을 지키는 놈이 없었거든. 우물에 빠져 죽나 서까래에 목을 매나 궁리하고 있을 때, 허, 애가 덜컥 들어섰지 뭐야. 그게 동아줄이라 더러운 목숨을 세상에 '동' 였지. 애당초 아비 없이 어미만 있는 애니까 그 하나를 잃게 할 수 없어 끝까지 버틴 거야. 그때부터 봉평을 마음에 지우고 반평생을 살았네. 평생이 지난들 무어가 어찌 다를까?"

허 생원은 그만 들고 있던 술잔을 놓쳤다. 등줄기로 진땀이 흐르고 바짓가랑이가 척척했다. 언젠가 값싼 술에 취한 날, 객기 어린 주사로 소금밭 같은 꽃밭에 뛰어들어 허우적거렸다. 눈으로 보기에 그토록 숨 막히게 아름답던 꽃인데, 다음 날 아침 옷에 밴 꽃향기는 모두의 코를 싸쥐게 할 만큼 구터분했다. 잠시 잊었다. 꽃과 향기가 다르듯, 꽃과 꽃자리의 기억이 다른 것을.

"이보게, 들어가세. 아무래도 낼 일찍 떠나야겠어. 푼돈이나마 숫제 벌어야지."

서둘러 조 선달의 어깨를 흔들어 깨우며 허 생원은 흘낏 보았다. 모깃불을 일구려 부치는 줄풀부채가 주모의 왼손에 단단히 들려 있었다. 마방에 묶여 있는 늙은 나귀가 주제넘은 발정으로 울며 뒤채는 소리가 아렴풋이 들려왔다. 봄이 가고 여름까지 지나면 덧없는 암샘도 종내 끝이리라. 취생몽사일지니, 한생이 술에 취해 자는 동안 꾸었던 꿈처럼 몽롱하였다.

# 메밀꽃
# 질 무렵

김 도 연

장터 입구가 갑자기 북적거리는 걸 보니 어느 골에서 빠져나
온 시내버스가 도착한 모양이다. 허리가 구부러지고 머리가 센
늙은이들이 더딘 걸음으로 꾸역꾸역 밀려온다. 성질 급한 젊은
놈들은 좁은 장거리를 답답해한다. 물건을 사지도 않으면서 이
것저것 볼 것 다 보고 오랜만에 만난 이웃 마을 사람들과 긴
안부를 나누며 길을 막고 있는 노인들을 추월하기란 쉽지 않기
때문이다. 장거리는 고속도로가 아니라는 것을 잘 알고 있으면
서도 몸과 마음에 밴 습관은 그 느낌을 못 견디고 액셀만 밟아
대는 것이다. 그렇다고 노인들이 쉽게 길을 비켜 주는 것도 아
니다. 어찌 보면 노인들은 의도적으로 느리게 느리게 장거리를
산보하는 것처럼 보인다. 길고 구불구불한 밭고랑에서 앉은걸
음으로 김을 매듯 장거리의 조건에 누구보다도 잘 적응하고 있
는 것이다. 노인들은 그렇게 두세 번 장거리를 훑은 뒤에야 비
로소 아주 적은 양의 물건만 산다. 그러니 장터에선 젊은 패들

이 노선을 바꾸지 않는 한 노인들을 이길 수 없다. 대부분 답답함을 못 이기고 제풀에 나가떨어지기 마련이다.

"할아버지, 한 잔 더 드릴까요?"

"…취하는데."

말과 달리 허 씨의 손은 소주가 든 종이컵을 받아놓는다. 옆자리에서 생선을 파는 젊은 생선 장수는 판촉의 일환으로 늘 좌판 옆에다 연탄을 피우고 생선을 구우며 그 냄새를 장거리에 퍼뜨린다. 덕분에 구운 생선을 안주로 가끔 소주를 얻어먹는다. 생선이래야 그날 팔지 못하면 아무도 사 가지 않을, 물이 간 것들이지만. 허 씨는 망설이다 말고 단숨에 술잔을 비우고 이제 더 이상 마시지 않는다는 뜻으로 컵을 엎어 놓는다.

널에 진열해 놓은 갖가지 신발들 속에서 나른한 가을 햇볕은 달디 단 낮잠을 자고 있다. 장거리의 소란함은 차라리 자장가로 들리는 모양이다. 휘장을 치지 않은 터라 햇살은 고스란히 허 씨의 몸을 감싼 채 배 속으로 들어간 술을 조금씩 데우고 있다. 담벼락에 등을 기대고 앉은 허 씨는 자우룩하게 변해 가는 봉평 장거리를 바라보며 졸음에 빠져든다. 늙고 병든 수탉처럼 자울고 있다. 그의 앞에는 아무도 살 것 같지 않은 싸구려 신발들이 장거리로 가지런히 코를 내민 채 주인을 기다리고 있다. 파란색 고무신, 장화, 등산화, 고무 슬리퍼, 스님들이나 신을 털신… 들이 아직 점심도 지나지 않았는데 햇살과 술에 취해 잠든 주인을 대신해서 전을 지킨다. 사실 잠이 들어도 신발을 못 파는 건 아니다. 신발을 도둑맞지도 않는다. 어딘가에서 올 신발의 주인을 기다리는 무료함 때문에 가끔 술잔을 잡고 그 여파로 잠시 조는 것뿐이다. 눈을 감고 있어도, 꿈을 꾸고 있어도 장거리는 더더욱 선명하게 보인다는 것을 알고 있기 때문이다. 어디 한두 해 장거리에 좌판을 펼쳐 놓았단 말인가.

"정말이세요? 할아버지 성함이 허동이라고요?"

"그렇소만."

"에이, 농담이시죠?"

오일장 취재를 나왔다는 기자란 놈들은 도통 믿으려 들지 않았다. 도리어 당황스러워진 것은 허 씨였다. 집안 내력을 환히 꿰뚫으며 들어오는 폼이 예사롭지 않았기 때문이었다. 면사무소에 들러 호구조사까지 마친 듯했다. 기자가 아니라 형사들 같았다. 막걸리와 족발을 미끼로 남의 집 이불 속 일까지 캐내려는 걸 보면.

"〈메밀꽃 필 무렵〉이란 소설을 정말 모른단 말이죠?"

"몰라. 그게 대체 뭔 소리래?"

"여기 봉평 출신 소설가 이효석이 쓴 유명한 소설이잖아요?"

"몰라. 장사해야 되니까 이제 그만 가게."

눈을 감고 있으면 장거리는 거대한 벌집 속에 들어앉아 있는 듯하다. 분주하게 벌통을 들락거리는 벌 소리가 차오르고 가라 앉기를 되풀이한다. 누군가 그 벌을 잘못 건드려 쏘이기라도 했는지 야단법석이지만 허 씨는 애써 눈을 뜨지 않는다. 눈꺼풀로 스며드는 복사꽃 색깔의 햇살 속에서 유유히 쏘다닐 뿐이다. 벌에 쏘인 곳은 급격하게 부풀어 오르지만 시간이 지나면 스스로 가라앉는 법이다. 장이 서고 파하는 게 세상이듯이.

방울 소리에 허 씨는 귀를 기울인다. 웅웅거리는 소음을 겨우겨우 빠져나오는 듯 애처롭게 들린다. 승냥이 우는 그믐밤 높은 고개를 넘고 시린 개울을 건너고 있는 것 같다. 곧 쓰러질지도 모를 그 방울 소리를 달려가 잡아 주고 싶지만 그러지도 못한다. 눈을 뜨면 그 모든 게 사라지므로 펼쳐 놓은 난전 앞까지 저 홀로 무사히 당도하기만 바랄 뿐이다. 끊어질 듯하다가도 이어지는 방울 소리를 듣고 있노라면 애가 타면서도 이내 마음 한쪽이 훈훈하게 데워진다. 종아리까지 덮어 주는 푹신한 털장화를 신은 것처럼 흐뭇하다. 허 씨의 입꼬리가 길어진다. 마침내 방울을 딸랑거리는 나귀가 도착했는가.

"그렇게 졸다가 신발은 언제 팔려는 게요?"

나귀 대신 호호백발의 할머니가 낡은 한복을 입은 채 앉아 방글방글 웃는다. 알록달록한 코고무신을 만지작거리는 할머니는 쪽 진 머리에 은비녀까지 꽂고 있으니 허 씨로선 눈곱 낀 눈을 몇 번이나 껌뻑거려야 했다. 마치 옛날얘기 속에서 슬그머니 나온 듯하다.

"고무신 사려고?"

키와 덩치가 초등학교 저학년만 하니 자연 말이 어름어름 넘어갔는데 미안한 마음도 없지 않다.

"얼마요?"

"곧 추워질 텐데 차라리 털신이 낫지 않겠소. 싸게 드리리다."

"털신 신을 일 없소. 마지막으로 이거나 신다 가야지."

"어딜 간단 말이오?"

"어디로 가긴! 저세상으로 가지. 얼마냐니깐?"

허 씨는 비녀 할머니의 얼굴과 그녀가 만지작거리는 꽃무늬 고무신을 번갈아 바라본다. 그럼 그렇지. 잘못 들었을 리가 있나. 분명 방울 소릴 들었단 말이지. 허 씨의 입꼬리가 다시 늘어난다.

"할머니 신발인 모양인데 그냥 가져가세요."

"그냥 가지라고? 참말이오? 에이, 세상에 공짜가 어디 있소. 얼마요?"

"비싼 신발 아니니 그냥 가져가요. 할머니가 하도 고와서 내 공짜로 드리는 거요."

쪼그려 앉아 무언가를 망설이는 할머니의 은비녀에서 가을 햇살이 반짝거린다. 허 씨는 벙긋 웃으며 검은 비닐봉지에다 꽃무늬 고무신을 넣어 주름이 넘실거리는 할머니 손에 쥐여 준다.

"냉중에 딴소리하면 재미없소? 나 그만 갑니다."

"잘 가세요!"

비녀 할머니는 검은 비닐봉지를 품에 안고 종종걸음으로 사람들 사이로 사라진다. 맑은 방울 소리를 떨어뜨리며.

"할아버지, 마수걸이를 그렇게 해요?"

잠자코 두 사람의 수작을 지켜보던 생선 장수의 뒤늦은 힐책이지만 표정은 도리어 재밌는 듯 눈웃음을 흘리고 있다. 허 씨는 허리를 곧게 펴고 가물가물 사라지는 방울 소리를 듣는다. 오랜만에 방울 소리를 들어서 그런지 왠지 마음이 헛헛하다.

"술 남았나?"

생선 굽는 냄새는 그때그때의 기분에 따라 군침을 당기게도 하고 코를 찡그리게도 만든다. 허 씨는 소주 한 잔을 비우고 아무런 맛도 나지 않는 생선을 삼키고 자리로 돌아온다. 팔려고 가져온 가을 전어를 보자 입속에 침이 고였지만 생선 장수에게 그 맛에 대해 묻진 않는다. 대신 파란 가을 하늘로 두둥실 떠가는 꽃무늬 고무신 한 켤레를 흐뭇한 얼굴로 쳐다보다가 생각났다는 듯 새 고무신을 꺼내 수건으로 정성껏 닦아 자리에 올려놓는다.

소주 한 잔이 불러온 졸음이 다시 허 씨의 눈꺼풀을 지그시 누른다. 허공의 고무신은 사라지지 않고 그 자리에 떠 있다. 성 서방네 꽃다운 처녀였던 어머니도 꽃신을 마지막으로 신다가 아버지를 따라 저세상으로 가셨다. 사월, 봉평의 산자락이 참 꽃으로 물들기 시작할 때. 그렇게 한 세대가 연분홍 꽃그늘 속으로 조용히 사라졌다. 슬픔을 이기지 못한 하늘이 비를 뿌리지도 않았고 황사를 동반한 강풍이 세상을 뒤흔들지도 않았다. 아버지의 평소 말대로 무섭고 기막힌 밤을 지나 장에서 장으로 가는 길 어디쯤에서 꽃이 피었다가 작은 열매를 남기고 떨어지는 것뿐이었다. 인생은 그런 것이었다. 아버지 허 생원은 흔들거리는 등잔 불빛 너머에서 나지막한 목소리로 헤어져 살았던 지난 이십여 년의 날들을 풀어내고 있었다. 성 서방네 처녀였던 어머니와 아들 동이에게.

"…변명으로 들리겠지만 이곳 제천 바닥을 뒤지고 또 뒤졌다오. 이렇게 허망하게 이십여 년의 세월이 가 버리고 말다니."

동이는 벽에 기댄 채 아무 말도 않고 계속해서 술잔만 비웠다. 허 생원이 아버지라니. 도무지 믿기지가 않았다. 가슴이 터져 버릴 듯 쿵쾅거렸지만 술로 간신히 누르고 또 눌렀다.

"그래, 여태 혼자 사셨단 말이오? 딱한 양반 같으니…"

"어머니, 딱하긴 뭐가 딱합니까! 생원님, 당연히 다음 날 어머
닐 모시러 갔었어야지요. 그게 세상 이치 아닙니까?"

"난 당신 집안이 그렇게 빨리 봉평을 뜨리라곤 생각도 못 했
다오."

"그걸 지금 변명이라고 하는 겁니까? 세상을 다 뒤져서라도
찾았어야지요!"

"동이야, 아버지한테 그게 무슨 말버릇이냐!"

"아버지라뇨? 대체 누가 아버지라는 겁니까?"

장거리에 음식 냄새가 피어나고 있다. 장사꾼들은 대부분 가
까운 식당에서 점심을 배달시켜 먹는다. 하지만 옆자리의 생선
장수는 매번 밥만 담아 온 도시락을 꺼내 놓고 술안주로 먹던
구운 생선을 반찬 삼아 점심을 해결한다. 밥마저 깜박했을 땐
생선을 굽던 연탄불에 냄비를 올려놓고 라면을 끓여 먹을 정도
로 구두쇠지만 밉게 보이지는 않는다. 허 씨는 기지개를 켠다.
생선 장수에게 물건을 맡겨 놓고 어디 가서 국수나 한 그릇 먹
을 요량이다. 점심시간을 이용해 장바닥을 한 바퀴 돌아보는 건
언제나 즐거운 일이다. 변해 가는 장터 풍경을 직접 확인할 수
있기 때문이다. 무엇이 사라지고 무엇이 새로 얼굴을 디밀었는
지, 누가 떠나가고 누가 그 자리를 차지했는지….

"점심 드시러 가시려구요? 제가 신발 가격까지 다 알고 있으

니 염려 놓으시고 다녀오세요."

봉평 장거리도 많이 변했다. 드팀전이며 나무꾼, 당나귀는 사라진 지 오래다. 사라지지 않고 용케 살아남은 것들은 모두 옷을 갈아입어야 했다. 허 씨는 산골짜기에서 오랜만에 장 구경을 나온 사람처럼 차근차근 장거리를 기웃거린다. 쯧쯧. 아무리 세상이 변했다지만 남세스럽게 여자들 속옷을 저렇게 함부로 내놓고 팔다니. 킁. 저 빤스는 코끼리가 입어도 되겠군. 어이쿠, 저 생선 장수 할망구는 오징어 몇 마리 팔려고 나만큼이나 오래 장터를 지키는구만. 한 마리 사 주고 싶지만 옆자리가 어물전이니 그럴 수도 없다. 모기향 타는 냄새가 진동하는 골목을 빠져나온 허 씨는 곧바로 국숫집으로 들어간다. 장날에만 문을 여는, 상호도 없고 비닐 천막으로 대충 하늘만 가린 국숫집이 옛날 충줏집 자리를 차지하고 있다.

"국수 한 그릇 말아 주게."

계집도 선달도 생원도 각다귀도 없는 천막 아래서 허 씨는 턱을 국물로 적시며 국수를 먹는다. 손님이 마시다 남긴 술과 함께. 늘그막이 되니 마음은 노상 옛날을 서성거린다. 옛날로 돌아갈 수 있는 신발이 있다면 주저 없이 그 신발을 신고 돌아갈 것이다. 말끔하게 비운 흰 국수 그릇을 들여다보며 허 씨는 고개를 끄덕인다. 다음 생에서도 계속 신발을 판다면 꼭 그런 신발을 구해서 팔고 싶다.

"혼자인 듯한데 나랑 술 한잔 하겠소?"

어딘가에서 들려오는 방울 소리에 깜짝 놀라 고개를 든 허 씨는 다문 입을 천천히 벌린다.

"이게 누구요? 충줏댁 아니오?"

"맞소. 충줏댁이 이렇게 늙어 버렸소! 그쪽도 많이 늙었구만. 그래 어찌 지냈소?"

"잘 지냈소! 거긴?"

"나도 잘 지냈소!"

"어데 안 가고 여적지 봉평에서 살았단 말이오?"

"여적지 여기서 살았소."

"하, 그랬었구만! 자자, 한 잔 받으시오."

"거기도 한 잔 받으시오."

"난 저쪽 끄트머리에서 신발을 팔고 있소."

"그렇소? 꼬박꼬박 장 구경 나오는데 그걸 몰랐다니, 내 눈도 이젠 내 눈이 아닌 모양이오."

"하, 이게 대체 얼마 만이오. 자, 한 잔 더 받으시오."

"거기도 한 잔 더 받으시오."

희미해지는 방울 소리를 들으며 신발전으로 돌아가는 허 씨의 다리는 풀려 있다. 신고 있는 신발이 질질 끌려오는 듯하다.

바싹 마른 낙엽 같은 햇살이 천막과 천막 사이에서 빠져나와 허 씨의 굽은 등허리에서 놀고 있다. 생각 같아선 장사고 뭐고 다 작파하고 충줏댁과 지난 얘기나 나누고 싶지만 참고 또 참는다. 창피하지만 눈 딱 감고 속옷이라도 한 벌 사서 선물하고 싶었는데 그러지도 못 했다. 속옷이 좀 그렇다면 팔고 있는 신발도 있다. 아쉬움이 걸음을 멈추게 만들지만 거기까지다. 장을 보러 온 사람들에 밀려 허 씨는 충줏집 자리로 되돌아가지 못한다.

"없는 동안에 장화를 네 켤레나 팔았어요! 아무래도 생선 장수 때려치우고 신발 장수로 나서야겠어요."

"이렇게 고마울 데가…."

"뭘요, 할아버지도 저 없을 때 많이 봐주셨잖아요."

새 장화를 꺼내 박스 위에 올려놓는다. 햇살은 이내 검은 장화 위로 놀이터를 옮긴다. 비싸고 좋은 신발들을 파는 데가 셀 수 없이 많지만 다 마다하고 잊지 않고 찾아와 주는 사람들이 있기에 오랜 세월 장거리에 앉아 있는 보람을 느낀다. 물론 그 사람들은 해가 지날수록 조금씩 줄어들고 있다. 가지고 있는 신발이 다 팔리면 허 씨도 이제 그만 장거리를 떠날 생각이다. 그동안 얼마만큼의 신발을 팔았는지 헤아릴 순 없지만 말마따나 그 싸고 질긴 신발들이 더위와 추위로부터 그리고 산속이나 논밭의 나뭇가지나 돌부리로부터 주인들의 발을 잘 보호해 주었기를 바랄 뿐이다. 신발 바닥을 뚫고 올라온 못에 상처를 입었다는 손님 이야기를 들었을 땐 마치 자신이 잘못하기라도 한 듯 허 씨는 얼굴을 들지 못했다. 그때 생각 같아선 팔고 있는 모든 신발의 밑창에 철판을 깔고 싶을 정도였다.

"할아버지, 한 사람이 평생 동안 모두 몇 켤레나 되는 신발을 신을까요?"

한 차례 손님이 빠져나간 뒤 생선 장수가 아무렇게나 섞인 돈을 정리하며 묻는다. 젊어서 그런지 생각하는 것도 유별나다. 신발만 만지작거린 허 씨도 품어 보지 않았던 의문이다.

"소금에 절인 고등어는 몇 마리나 먹는데?"

"날씨가 좋아서 그런가. 별 생각이 다 드네요. 참, 내일은 진부 장으로 가세요?"

오일장의 장돌뱅이들은 예전과 달리 객줏집에서 잠들지 않는다. 트럭이나 승합차에 짐을 싣고 집으로 돌아갔다가 다음 장이 서는 곳으로 출근한다. 나귀 등에 짐을 싣고 메밀꽃 핀 밤길을 함께 걸어 진부나 대화로 찾아갔던 일은 다 옛날 옛적의 일이다. 나귀를 밀치고 들어온 게 화물트럭이고 뒤이어 완행버스가 나타났다. 돈을 번 장돌뱅이들은 제일 먼저 자신만의 트럭을 장만했다. 등짐을 지고, 나귀의 방울 소리를 들으며 삼삼오

오 짝을 지어 장에서 장으로 갔던 그 고되고 흐뭇한 밤길은 영영 사라진 것이다. 그 길의 마지막에 허 씨가 서 있는 것이다. 그 길에서 모두 몇 켤레의 신발을 팔았단 말인가.

"떼어 놓은 신발만 다 팔면 진부 장에 안 가고 오늘이라도 당장 은퇴할 수 있지."

"모두 몇 켤레나 남았는데요?"

"글쎄…."

남은 신발이 몇 켤레인지 왜 모르겠나. 각각의 신발 주인들이 언제 찾아올지 모르지만 허 씨가 장바닥에서 늙어 가는 것처럼 그들이 찾아올 날도 얼마 남지 않았을 뿐이다. 다만 최근 들어 이상하게도 마음의 갈피가 자주 흔들린다는 것이다. 어떤 때는 아주 늦게 그들이 찾아왔으면 싶다가도 또 어떤 때는 이제 그만 버팅기고 윤달에 수의를 장만하듯 한꺼번에 와서 신발을 찾아가면 좋겠다는 생각도 든다. 알 수 없는 게 사람 욕심인 모양이다.

"솔직히 신기해요, 할아버지. 요즘 시대에 그런 신발을 사려고 찾아오는 사람이 꾸준히 있다는 게. 비결이 대체 뭐죠?"

"비결은 무슨 비결. 같은 자리에 그냥 한 사십 년 앉아 있음 되는 거지."

젊은 날, 아버지 허 생원이 했던 얘기다. 드팀전으로 시작한 아버지는 신발 장수를 끝으로 장돌뱅이 생활을 마쳤다. 장돌뱅이답게 진부 장거리에서 생을 마감했다. 팔지 못한 신발과 늙은 나귀를 남긴 채. 허 씨는 아버지의 신발을 물려받으며 업종을 바꿨다. 아버지가 팔았던 고무신을 다른 치수로 바꾸러 온 손님을 상대하며 첫걸음을 시작했다. 그게 지금까지 계속된 거다. 진부 장은 아버지가 전을 펼치고 돌아가신 자리까지 고스란히 물려받아 사용하고 있으니 질기고 질긴 인연이다.

"이보시오, 신발 장수 영감?"

오전에 꽃무늬 고무신을 골라 갔던 비녀 할머니다. 고소한 기름 냄새가 올라오는 종이봉투를 불쑥 내민다.

"호떡 드시우. 고운 꽃신을 공짜로 얻으니 영 마음에 걸려 내 다시 왔소."

"고맙소. 이거 오늘 배 터지겠네! 그래 할머닌 사는 데가 어디세요?"

"조금 있음 저승 갈 할망구 사는 데가 왜 궁금하오? 쩌기 태기산 아래 살고 있소."

"좋은 데 사십니다. 건강하세요."

시내버스 떠날 시간이라고 잰걸음으로 장거리를 빠져나가는 비녀 할머니의 뒷모습을 허 씨는 오래 바라본다. 흑설탕이 뚝뚝 떨어지는 호떡을 먹으며. 마치 말년의 어머니를 다시 보는 듯하다. 어머니도 그랬다. 잠시 건넛마을에나 다녀온다는 듯 편안한 얼굴로 고단했던 이승을 정리하고 아버지를 따라 저세상으로 훌쩍 떠나갔다. 당시에는 그 표정을 쉽게 납득하기 어려웠는데 세월 속에는 인생을 휘감고 있는 안개를 걷어 내고 고개 끄덕이게 만드는 묘한 무엇이 숨어 있는 모양이다. 성 서방집 처녀였던 어머니는 아들의 품에서 눈을 감으며 당부했다.

"니 아버지를 원망하지 마라."

늘그막에야 아버지를 만나 짧은 시간 가족을 이뤘지만 용서까진 할 수 없었다. 어머니와 보낸 지난 세월이 엄연히 두 눈 부릅뜨고 기억 속에 자리하고 있었기 때문이었다.

"나는 행복했다. 이제 니 아버지 곁으로 가서 헤어지지 않고 오래오래 잘 살 테니 니 맘에 맺힌 원망도 그만 풀어야 한다."

나귀 목에 매달려 쓸쓸하게 울리던 물기 없는 방울 소리가 사라진다. 허 씨는 게으르게 장거리를 오고 가는, 어머니와 아버지를 닮은 사람들을 살핀다. 한 파수만 지나면 정말 공처럼 둥글어질 것 같은 꼬부랑 할아버지가 지팡이에 몸을 의지한 채 무엇인가를 들여다보고 있다. 그 건너편에서는 젊은 보살이 과일을 놓고 오래 흥정한다. 사람들은 창자 속을 빠져나가듯 그 사이에서, 그 좁은 통로에서 꾸물거린다. 이쪽에선 생선 비린내가 풍기고 저쪽에선 족발 삶는 냄새가 가득 깔려 있다. 허 씨의 신발전에선 햇살에 잘 달궈진 고무 냄새가 아지랑이처럼 피어난다. 손님을 부르는 장돌뱅이들의 목소리가 고무줄처럼 늘어났다가 재빨리 다른 사람에게로 옮겨 간다. 방울 소리는 이 모든 것들에 스며 있다가 피어나고 사라지기를 되풀이하는 꽃 같다.

"자식들하고 왜 같이 살지 않으세요?"

"…서울은 너무 멀고 낯선 곳이야. 거기 가서 내가 뭐 하며 살겠나."

"그건 맞아요. 제가 생각해도 답답할 거 같아요. 근데 몇 십 년 동안 신발만 파는 것도 지겹지 않아요? 그럴 땐 어떻게 해요?"

"지겨울 때도 있지. 하지만 어쩌겠나. 나한텐 신발이 밭이고 논인데. 정든 집을 지키는 마누라나 다름없어."

"에이, 고리타분해요. 새로운 맛이 전혀 없잖아요."

"저 사람들은 다 관광 온 것처럼 즐거워하잖아. 그럼 됐지."

허 씨는 장을 보러 나온 사람들을 가리키지만 생선 장수는 수긍할 수 없다는 표정이다. 대신 날아드는 파리를 쫓으려고 새로 모기향을 피운다. 파라솔에 매달아 놓은 끈끈이와 은박지 판들이 반짝이며 돌아가지만 파리는 쉽게 생선을 포기하지 않는다. 투명한 비닐장갑에 물을 담아 매달아 놓은 어물전도 있지만 들끓는 파리의 식욕을 쫓아 버리진 못 하는 모양이다.

"이놈의 장사는 이문은 많이 남는데 파리 떼가 문제예요, 문제! 집어치우고 빨리 다른 걸로 바꾸든가 해야지. 조그마한 파리한테까지 무시당하는 것 같다니까요."

파리가 득시글거리는 어물전을 피해 딴에는 머리를 굴려 허 씨의 옆에다가 자리를 잡았건만 귀신같이 알고 찾아오는 파리 떼에 대한 불만이다. 허 씨는 마른 웃음만 장화 속에 흘린다. 햇볕에 잘 달궈진 장화나 고무신에는 파리가 앉지 못한다. 대신 등산화에 앉아 방금 전에 만지작거린 생선의 냄새를 말리고 있다. 생선 장수가 옆자리에 들어오겠다고 할 때부터 짐작했던 일이므로 내색하지 않기로 한다. 이번 봉평 장에서는 등산화를 팔지 않으면 되는 것이다. 모든 게 어우러져 돌아가는 장바닥이기에 이해 못 할 일은 없다. 그래도 이해 못 하면 서로 멱살을 잡고 돌아가는 싸움이 있을 뿐이다. 더 이상 무슨 싸움이 필요하겠는가. 그것은 젊은 패들의 몫이다.

"파리 때문에 성가시죠? 제가 특별히 전어 몇 마리 구워 올리겠습니다."

"가을 전어라… 좋지!"

전어는 고소한 냄새를 풍기며 구워진다. 냄새만 맡아도 군침이 돌고 술 생각이 난다. 파리가 극성을 부리니 생선 장수도 주변 장돌뱅이들한테 미안한 모양이다. 좀체 내놓지 않는 전어가 구워지고 있다는 게 그 증거다. 비린내와 파리 떼에 화가 나다가도 대부분 생선 굽는 냄새에 찡그렸던 인상을 풀어 버린다. 석쇠 위에서 구워지는 전어를 보며 허 씨는 다시 희미하게 되살아나는 방울 소리를 듣는다. 햇살은 조금씩 기울고 있다.

"꽃신 한 켤레 주세요. 6문 반으로."

"꽃신이라…."

잘려 나간 두 다리 부위를 두꺼운 고무로 감싼 채 장거리에서 가요 테이프를 파는 사내다. 전어를 먹다 달려온 허 씨는 사내의 얼굴에 가득한 미소를 살핀다. 정해진 자리도 없이 좁고 복잡한 장거리를 오가며 장사를 해야 하는 사내에게 늘 미안했던 터라 같은 꽃신인데도 세심하게 골라 살피고 또 살핀 다음에 건네준다. 사내는 환하게 웃으며 건네받은 꽃신을 장갑 낀 손으로 새로 닦는다.

"누구에게 주려고?"

"호호, 있어요! 얼마죠?"

유행가를 팔아서 벌은 돈이 사내의 전대에서 나온다. 액수가 맞는지 세 번이나 꼼꼼히 확인한 뒤에 허 씨의 손에 천 원짜리 네 장이 건너온다.

"요즘은 어떤 노래가 잘 나가나? 테이프 하나 골라 주게."

소 걸음을 닮은 방울 소리를 업은 채 사내는 온몸으로 장바닥을 쓸면서 간다. 방금 배가 지나간 것처럼 환하다. 사내가 밀고 있는 수레에선 뽕짝이 흘러나온다. 허 씨는 긴 한숨을 내뱉는다. 정작 사내에게 신겨 줄 신발이 없다니. 오후가 되면 운전 때문에 대부분의 장돌뱅이들이 술을 삼가는 게 습관이지만 펼쳐 놓은 신발들이 갑작스레 한심하게 보이니 술잔을 잡지 않을 수 없다. 사내가 사 가지고 간 꽃신에 채워질 웃음과 눈물을 떠올리며.

"운전 안 하세요?"

"차에서 한잠 자고 가지 뭐. 전어 맛이 좋으니 술 안 마시고 배기나."

장거리가 점점 한산해지고 있다. 그늘이 내려앉은 곳엔 스산함마저 감돈다. 봉평의 골짜기 골짜기에서 장을 보러 나온 사람들은 대부분 집으로 돌아갔다. 장이 서서히 파할 무렵이면 헐하고 양이 많은 반찬거리나 과일을 찾아, 시간에 쫓길 일 없는 시내 사람들이 도둑고양이처럼 기웃거리기 시작한다. 그들은 웬만한 물건은 장에서 구입하지 않고 차를 끌고 강릉이나 원주로 나가서 구입한다. 장거리의 물건들을 신뢰하지 않기 때문이다. 장거리는 그들에게 구경거리밖에 되지 않는다. 그들에게 별반 정이 가지 않는 것도 다 그래서다. 다른 업종의 장돌뱅이들은 슬슬 짐을 꾸릴까 말까 망설이고 있다. 떨이를 할 작정으로 목소리를 높여 사람들을 부르던 생선 장수는 짐을 꾸리는 허 씨가 부러운 듯 투덜거린다.

"에이! 도둑질을 해서라도 업종을 바꿔야겠어요."

해가 점점 짧아진다. 허 씨는 생선 장수의 빈 트럭 옆에다 낡은 승합차를 세운 뒤 운전석을 뒤로 젖히고 눕는다. 생선 장수가 생선을 다 팔 때쯤이면 술도 어느 정도 깰 것이다. 같이 저녁을 먹고 헤어지면 된다. 음주단속이 워낙 심하니 어쩔 수 없는 노릇이다. 그러고 보면 차라리 옛날이 그립다. 술을 아무리 마셔도 나귀를 타고 방울 소리에 고개를 끄덕이며 다음 장으로 갈 수 있으니까. 아버지 허 생원의 말마따나, 달밤에 어울리는 얘기를 주절주절 나누며 고개를 넘고 개울을 건너는 운치는 장돌뱅이들의 세계에서 사라진 지 이미 오래다. 생각할수록 무섭고도 기막혔던 밤의 물방앗간도. 허 씨는 그 세계의 마지막 꿈을 자신이 꾸고 있다고 여기며 잠을 청한다.


동이야?

할아버지?

이보게 동이?

여보시오, 신발 장수 영감?

이놈 동이야? 일어나!

아 참! 왜 자꾸 부르고 야단이에요. 잠 좀 자게 내버려 둬요.


"…허허."

장거리는 어둑어둑하다. 가로등 불빛마저 없다면 어디에서 잠을 자고 있는지조차 몰랐을 것이다. 허 씨는 누가 볼세라 텅 빈 전대를 감추고 쓰린 배를 손으로 주무른다. 짐칸에 실어 놓은 신발 상자들도 온데간데없다. 몸이 떨려 승합차의 시동을 켜고 히터를 튼다. 끊은 지 오래된 담배가 생각났지만 곧 포기한다. 생선 장수의 트럭이 있던 자리에는 다른 차가 주차돼 있다. 곤히 잠든 허 씨를 깨우기 뭐했던 모양이다. 장돌뱅이들이 모두 떠나간 장거리를 내다보다가 허 씨는 차를 끌고 봉평의 장거리를 빠져나간다. 사거리에서 신호를 기다리다가 낮에 구입한 뽕짝 테이프를 튼다. 신호가 바뀌자 평소의 길을 포기하고 곧바로 옛날 길로 우회전한다.

달이… 보름달이 떴으니까.

생긴 지 얼마 안 된 다리를 건너자 길 옆 밭은 온통 메밀꽃으로 환하다. 자잘하게 부서지는 파도를 보는 듯하다. 물방앗간이 있던 자리도 메밀꽃 천지다. 술이 덜 깬 건가. 한 손으론 운전대를 잡고 다른 손으론 계속해서 눈을 문지르지만 메밀꽃은 사라지지 않는다. 골짜기 전체가 소금의 강으로 변해 버린 것 같다. 달빛은 은은하게 골짜기를 밝히지만 자동차 불빛은 거의 숨 막힐 정도로 메밀꽃을 핥고 있다. 고개 입구에서 결국 허 씨는 차를 세운다. 시동을 끄고 유리창을 내린다. 메밀꽃은 사라지지 않고 그대로다. 달콤한 꽃향기에 코를 벌름거리지 않을 수 없다. 저 멀리 고갯마루에서부터 은빛 강물이 천천히 흘러내린다. 꿈을 꾸고 있는 게로군. 꿈이 아니곤 이럴 수 없는 거야. 고개를 올라가는 나귀의 방울 소리까지 들리잖아. 허 씨는 다시 승합차를 몬다. 헤드라이트를 아예 꺼 버리고 천천히 고갯길을 좌우로 돌고 돌아 올라간다. 역시 메밀꽃은 달빛에 봐야 제격이지. 그럼. 전깃불이 대체 무얼 제대로 비추겠어. 완만한 고개의 중턱에서 허 씨는 나귀 한 마리를 끌고 고개를 넘어가는 두 사람을 만난다.

"이게 누구야? 동이 아닌가?"

"아이고, 선달님?"

"돈이고 물건이고 다 털리니 애비는 보이지도 않냐!"

"…안 보이긴 왜 안 보여요. 이 환한 달밤에."

바람이 고개를 넘어온다. 나귀의 방울 소리가 서늘하다. 보름달이 뜬 밤은 역시 걸어야 제격이다. 고개 중턱에다 한 세월 동고동락했던 낡은 승합차까지 버렸지만 동이의 마음은 도리어 편안하다. 대체 얼마 만에 세 사람이 함께 걸어 보는 걸까 생각하니 아득하다. 고개를 넘어온 바람이 시린 달빛과 섞여 메밀 꽃을 흔든다. 그때마다 눈가루 날리듯 꽃잎이 떨어진다. 방울 소리가 요령처럼 딸랑거린다. 나귀의 고삐를 잡은 동이가 허 생원에게 묻는다.

"아버지, 인생이 뭔가요?"

"뭐긴. 장 보러 왔다가 장 보고 가는 거지."

헌정 글

# 말을
# 찾아서

이 순 원

"그럼 지금 나보고 봉평에 가 달라는 겁니까?"

통화 중간 나는 나도 모르게 왠지 화가 나 있었다. 전혀 화를 낼 일이 아닌데도 그랬다.

"꼭 가셔야 되는 건 아니고요. 안 가시고도 쓰실 수 있으면 그렇게 하셔도 됩니다. 안 가셔도 2박 3일간의 취재비와 취재 수당은 저희가 따로 드리고요."

그러니까 저쪽 편집자의 말은 웬만하면 거절하지 말고 꼭 좀 써 달라는 뜻일 것이다. 어떤 일이든 내가 하기 싫으면 그만이긴 하지만, 사실 그런 조건으로 쓰는 원고라면 이제까지 내가 받은 어떤 사보들의 청탁보다 좋은 조건이었다. 그런데도 나는 처음부터 그 일을 하지 않을 핑계를 찾고 있었다. 아마 며칠 전에 꾼 말 꿈 때문일 것이다. 그때 본 말이 아직도 내 머릿속을 떠나지 않고 있었다.

"그 회사는 돈이 그렇게 많습니까? 가지 않은 여행비까지도 주고."

이번에도 내 말은 가시를 달고 나갔다.

"그런 게 아니라 처음 그런 기획을 할 때부터 책정해 놓은 경비니까 저희들로선 그렇게 드려도 문제가 없다는 뜻입니다. 선생님들께서 좋은 원고만 주시면…."

"그러니까 거기 나오는 노샌지 나귀 얘긴지만 확실하게 써 달라…?"

"예. 독자들이 작품과 작품 배경을 이해하기 쉽게 작품 얘기 반, 작품 무대 얘기 반, 그런 식으로요."

"그렇다면 다른 사람 찾아보지 그래요. 나는 안 가 보고도 쓸 수 있을 만큼 봉평에 대해 잘 알지도 못하고, 그렇다고 그걸 쓰자고 지금 거기 다녀올 시간이 있는 것도 아니고 하니까."

"저희들은 선생님이 가장 적임자라고 생각해서 전화를 드린 건데. 고향도 그쪽이고 해서…."

"적임자가 따로 있겠소? 가서 보고 쓰면 그게 적임잔 거지."

나는 저쪽에서 무어라고 더 말을 하기 전에 서둘러 전화기를 내려놓았다. 그러나 사실 봉평에 대해서라면 누구보다 가슴속에 묻어 두고 있는 이야기가 많았다. 어린 날 보았던 봉평 장터에 대해서도 그렇고, 〈메밀꽃 필 무렵〉 속의 허 생원과 그의 나귀, 또 그들이 걸었던 봉평에서 대화로 가는 팔십 리(그러나 실제로는 육십 리밖에 되지 않는) 산길과 그 길 옆에 끝없이 펼쳐져 있던 메밀밭에 대해서도 그랬다. 다만 내가 지금 그 얘기를 하고 싶지 않은 것뿐이었다. 그 얘기를 하자면 나는 어쩔 수 없이 작품 속의 나귀가 아닌 또 다른 나귀와 아부제(양아버지) 얘기를 해야 할 것이었다.

"어디 전환데 그렇게 받아요?"

전화를 끊고 나자 옆에 섰던 아내가 말했다.

"아무것도 아니야."

"아무것도 아니긴요? 원고 청탁 전화 같던데…."

"원고 청탁 전화면 왜?"

"전화를 그런 식으로 받으니 그러지요. 애써 전화한 사람 무안하게…."

"말 얘기를 해 달라니까 그렇지. 정초부터 말 꿈을 꾼 것도 부족해 말 얘기를 해 달라고…."

"작품 여행 얘기가 아니고요?"

"그 얘기가 그 얘기지. 〈메밀꽃 필 무렵〉에 말 얘기가 안 나와? 나귀 얘기가 말 얘긴 거지."

"이제 그만 생각해요. 나쁜 꿈도 아니라면서…."

"그래도 내가 언짢으니까 그렇지."

며칠 동안 말 꿈으로 내가 신경을 쓰는 걸 보아서인지 아내도 더 이상 뭐라고 말하지 않았다. 만약 그러지 않았다면 아내도 지지 않고 그 속에 나귀 얘기가 나오긴 하지만 〈메밀꽃 필 무렵〉을 어떻게 말 얘기라고만 할 수 있겠느냐고 말했을 것이다. 어쨌거나 중요한 건 그게 말 얘기든 나귀 얘기든 지금 내가 그 원고를 쓰고 싶지 않다는 것이었다. 정초에 그런 꿈까지 꾼 다음 또 다른 나귀 얘기와 어린 날 아부제를 찾아 봉평에 갔던 얘기를….

그 꿈을 꾸었던 것은 연말에 아이들을 강릉에 보내고 아내와 함께 모처럼 여행을 떠나 철원에 갔을 때였다. 한 해가 가는 마지막 날이었던 그날 우리는 이제 막 얼어붙기 시작하는 삼부연 폭포와 한때 임꺽정이 은신하고 있었다는 고석정, 김시습이 거기에 누각을 짓고 자신의 호를 따 이름 붙였다는 매월대, 철원읍 홍원리의 궁예성지 등을 둘러보았다. 그런데, 아무리 피곤하기도 하고 또 밖에 나와 자는 잠이라도 그렇지, 어쩌다 새해 첫날 그런 꿈을 꾸었던 것인지 모르겠다. 꿈에서 본 말은 내가 잠을 깬 다음에도 여전히 히히힝, 소리를 지르면서 달려와 앞발을 쳐들고 경중경중 뛰듯 내 주위를 맴돌았다. 새해 첫 꿈으로 말 꿈이 좋은 것인지 나쁜 것인지 생각해 볼 겨를도 없이 왠지 언짢은 기분부터 들었다. 차라리 나귀거나 노새였다면 또 모르겠다. 그랬다면 나도 어린 시절 늘 그걸 보고 자랐으니 충분히 그럴 수 있는 일이라고 생각해 다른 데까지 그걸 연결시켜 생각하지 않았을 것이다. 그런데 틀림없는 말이었다. 다리가 내 가슴 높이까지 오고, 앞발을 쳐들고 이리저리 경중경중 뛸 때 한 뼘 반도 넘는 길이로 휘날리던 검은 갈기도 나귀나 노새의 것이 아니라 말의 것이 틀림없었다. 말에 대해서는 잘 모르지만 나귀와 노새에 대해서라면 누구보다 잘 아는 내가 그게 말인지 아니면 나귀거나 노샌지 구분 못 할 까닭이 없었다. 그놈이 등에 갖춘 안장과 고삐도 없이 자르르 윤기 흐르는 붉은 맨몸으로 내게 다가와 무어라고 히히힝, 소리를 지르듯 주위를 맴돌던 중 잠을 깨고 만 것이었다. 그런 모습이 내게 우호적이었던 것 같지도 않고, 그렇다고 머리로 나를 떠받을 만큼 성이 나 있는 것처럼 보이지도 않았다. 그냥 그놈은 저만큼 멀리 들판에서 내게로 뛰어왔고, 뛰어와선 이리저리 갈기를 휘두르며 내 주위를 경중거렸던 것이다.

그놈인가….

나는 누운 채로 위로 손을 더듬어 머리맡에 둔 담배를 꺼내 물었다. 나로서는 한 번도 본 적이 없지만, 본 적이 없는데도 껄끄럽게 짐작이 가는 한 놈이 있었다.

"일어났어요?"

아내는 아직 잠결에서 물었다.

"응."

"몇 신데 벌써 일어나서 그래요?"

아내도 머리맡으로 손을 올려 시계를 더듬었다.

"다섯 시잖아요. 더 자지 않고…."

"이상한 꿈을 꿨어."

"어떤 꿈인데요?"

"말 꿈…."

"그럼 나쁜 꿈도 아니네요, 뭐. 난 또…."

아내는 다시 잠이 들었다. 그러나 나는 그때부터 아내가 다시 깨어날 때까지 잠을 이룰 수가 없었다. 눈을 감아도 눈을 뜬 것처럼 그놈이 나타나고, 그래서 눈을 뜨면 이번엔 눈을 감았을 때처럼 머릿속에 그놈이 나타나는 것이었다.

"혹시 궁예가 타던 말이 당신에게로 온 것 아니에요? 어제 당신 궁예성지를 둘러보며 연신 아쉬워하더니…."

아침에 일어나서도 내가 계속 말 꿈에 신경 쓰자 아내가 말했다.

"아니야, 그런 말이."

"당신이 어떻게 알아요? 그 말이 맞는지 아닌지."

"봤으니까 알지."

내가 생각하는 건 아까 꿈에서 막 깨었을 때의 생각대로 내

의식 한 구석에 껄끄럽게 남아 있는 바로 그 말이었다. 철원평야와 그곳 풍천원 도성터를 달리던 궁예의 말이 아니라 꿈에서 본 것 말고는 달리 직접 눈으로 본 적도 없고 출신도 모르는 일본 오사카 어느 교외의 후미진 마구간에서 자라 소나 양처럼 죽어 우리 곁으로 왔던….

그러나 그 이야기를 아내에게 하지 않은 채 여전히 찜찜한 마음으로 학저수지와 그곳에서 멀리 떨어지지 않은 곳에 있는 도피안사, 철원토성을 둘러보는 듯 마는 듯하고 서울로 돌아왔다. 혹시 꿈에서 본 것처럼 갑자기 헛것이 보이듯 말이 내가 운전하는 자동차 앞에 나타나는 것이 아닌가 싶어 그곳을 돌아다닐 때에도 그랬고, 서울로 돌아올 때에도 나는 나보다 한참 운전이 미숙한 아내에게 키를 내주었다.

"왜 그래요? 자꾸…."

집에 도착해서도 자꾸 먼 산을 바라보듯 꿈에 본 말 생각을 하자 아내가 말했다.

"모르겠어. 새해 첫날 말 꿈을 꾸었다는 게 영 기분이 좋지 않아서 그래."

"말 꿈이 나쁜 것도 아니잖아요. 우리가 그냥 생각해 봐도…."

"그런데도 나한테는 자꾸 언짢은 생각이 드니 그렇지."

"그럼 물어봐요. 그런 꿈이 좋은 꿈인지 나쁜 꿈인지."

"누구한테?"

"누구긴요? 강릉 어른들한테 물어보면 알겠죠."

"강릉 어른?"

그렇게 되묻다가 나는 아버지의 얼굴보다 아부제의 얼굴을 먼저 떠올렸다. 다른 건 아버지가 더 많이 알지 몰라도 말에 대해서라면 아부제가 더 많이 알고 있을 것이었다.

"아이들이 지금 어디 있는지도 물어보고요. 위에 있는지 아래에 있는지."

전화기의 번호판을 누를 때 다시 아내가 말했다.

"여보시오."

아부제였다.

"아부제?"

"어, 그래. 서울이나?"

"예."

"서울이야?"

"예."

아부제가 먼저 서울이나? 한 것은 전화를 거는 사람이 나냐고 묻는 말이었고, 나중에 서울이야? 하고 물은 것은 지금 전화를 거는 곳이 집이냐는 뜻이었다.

"어제 어데 갔다가 완?"

"예. 어디 좀 둘러볼 데가 있어서요."

"그런 걸 전화를 하니 자꾸 다른 여자가 받지. 에미 목소리도 아니구."

"다른 여자가 아니고 전화기가 그러는 거예요. 집 비울 때 거기 얘기할 게 있으면 하시라고."

"그건 아는데 목소리가 다르니 난 다른 여자가 느 집에서 전화를 받는가 하고… 그래서 잘못 걸어 그렇나 해서 또 걸으니까 같은 목소리잔."

다른 땐 외출할 때면 보통 내 목소리를 녹음해 두거나 아내 목소리를 녹음해 두곤 했다. 그런 걸 엊그제 철원에 갈 땐 그냥 전화기 안에 내장되어 있는 기계음으로 자동응답 버튼을 눌러 놓고 간 것이었다.

"요즘 아부제는 어디 편찮으신 데 없지요?"

"없어. 하는 일도 없이 노는 기 뭐 펜찮을 데가 어데 인? 그래 전화는 왜?"

"아부제 새해 복 많이 받으시라구요."

"새해는 무슨, 이제 개설 지난 걸 가지구."

"그래도요. 어머니도 건강하시구요."

"그래. 우리야 늘 조심하지 뭐. 어멈도 자나깨나 느 걱정 말고는."

"그런데 아부제."

"어."

"꿈에 말을 보면 어때요?"

"니가 말을 봤더나?"

"예. 전에 집에 있던 그런 말이 아니고 큰 말이요. 사람이 타고 댕기는…."

"좋은 거다, 그거. 뭐 좋은 일이 있을라는 모냥인데 니한테."

"말이 내 앞으로 뛰어와서 자꾸 껑중껑중 뛰더라구요."

"타라고는 안 하고?"

"그러지는 않는데 내 주위를 빙빙 돌면서요."

"그랬으믄 더 좋았을 거르. 니를 떠받거나 해코지는 안 하구?"

"예."

"그럼 그것두 좋은 거야. 말을 봤으믄. 느는 양력으로 세월 가는 걸 아니까 정초 꿈이래도 괜찮구."

"애들은 지금 어디 있어요?"

"점심 먹고 나서 위에 올라갔잔. 즈 사촌들이 시내서 올라오니 모두 어울레서. 오던 날은 위에서 자고 어제는 여기서 즈 할미하고 자고."

"인사만 하고 내려와 자라고 그러지 그러셨어요. 어제는 올라
가 자더라도 오던 첫날은."

"나두어. 게서 자믄 어때서. 즈 애비 생가 댁에서 자는 건데."

내가 아이들의 잠자리를 첫날과 둘째 날을 분별해 말하자 아
부제는 금방 마음이 뿌듯해져 오는 모양이었다. 한결 푸근해진
목소리로 위에는 전화를 했더나? 하고 물을 때 아뇨, 이제 해
봐야죠, 하고 대답하자 표현을 하지 않아도 그 뿌듯함은 전화
선을 타고 이쪽으로 와 거실 전체를 가득 채우는 듯했다.

"그럼 위에도 얼른 전화를 하잖구."

"예. 그런데 아부제."

"어."

"말고기를 입에 대는 건 어때요?"

"꿈에 말이다?"

"꿈이라도 그렇고, 생시라도 그렇고요."

"그런 꿈 꿨더나?"

"아뇨, 그런 꿈을 꾼 건 아니고요."

"괜찮아, 것두. 꿈이라도 괜찮구 생시라도 괜찮구. 나야 그 짐
승 부렸으니까 안 그랬지만 사람이 개고기는 안 먹든? 뭐든 없
어서 못 먹는 거지 일부러 가릴 건 없어."

"그런 꿈 꾸고 나니 왠지 기분이 좀 그래서요. 좋은 건지 나

155

쁜 건지… 말이 경중경중 뛰면서 자꾸 빙빙 돌던 게…."

"좋은 거랄수록. 타라고는 안 해두 니한테로 와서 경중경중 뛰고 했다믄. 니가 평소 말한테 해코지한 일도 없을 테구. 하기야 요즘은 뭐 그러고 싶어두 그럴 말이라도 인?"

"그럼 해코지한 다음 그런 꿈을 꾸면요?"

"그기사 좋을 게 없겠지만서두. 사람이나 짐승이나 해코지한 다음 다시 본다믄 아무래두 그렇지 않겐?"

"예에."

"괜찮아, 니가 꾼 꿈은. 좋은 거니까 그렇게 알구 어여 끊구 위에 아버지 계신데 전화나 혀."

"예."

"애들한테두 즈 사촌들 와 있는데, 안 떨어지려구 하는 걸 괜히 억지루 여게 내려와 자라구 하지 말구, 게서 그냥 어울레 놀다 자게 두구."

"예."

"에미 몸은?"

"괜찮아요, 저흰."

"그럼 끊어. 끊구 위에다 전화하구."

나는 아부제의 전화를 끊고도 여전히 개운한 마음이 아니었다. 아니, 혹을 떼려다 혹 하나를 더 붙인 듯한 느낌이었다. 내

·

가 그놈의 고기를 입에 댄 다음, 꿈에 나타나 내게 모습을 보인 거라면 아부제 말대로 그건 좋은 꿈일 수 없었다. 살아 있을 때 해코지를 한 것은 아니지만, 죽은 다음 고기를 입에 대고 나서 꿈에 그놈을 본 것이라면 살아 있을 때 해코지를 한 것이나 다를 게 없었다. 더구나 말을 끌던 아부제가 예전 유일하게 가리고 금기하던 고기가 그것이었다. 그런 걸, 그러고 나면 내가 먼저 께름칙해지고 말 거라는 걸 알면서도 그때 어떻게 그것을 입에 댔던 것인지 모르겠다. 그것도 익힌 것이 아닌 날것을.

두 달쯤 전 일본에서 열린 어떤 문학 심포지엄에 갔을 때였다. 어느 지방 소도시에서 나흘간의 공식 일정을 마치고 일행 모두 오사카로 왔다. 첫날은 버스 여행에 지쳐 방 배정을 받기 무섭게 잠을 자고, 아마 다음 날 저녁때였을 것이다. 호텔 뒤편에 작은 술집들이 많았다. 일행 중 다섯 명이 함께 갔는데, 처음엔 저마다 입맛에 따라 데운 청주거나 맥주를 시키고 안주로는 메뉴판의 그림을 보고 꼬치 안주와 철판에 구운 해물 안주를 시켰다.

"그런데 저건 뭐지?"

한참 술을 마시던 중 누군가 내가 앉은 자리의 뒤쪽 벽에 붙어 있는 안주 이름을 가리켰다. 돌아보았을 때 내가 아는 글자는 거기에 쓰여 있는 마馬자 한 자뿐이었다.

"글쎄. 말고기라는 뜻인가."

한자로 '馬'라고 쓴 아래 일본 글자 세 자가 더 붙어 있었다.

"가만 있어 봐. 말 사시미…."

누군가 그 일본말을 읽었다.

"사시미라면 회를 말하는 거고, 그러면 이거 말고기 생거라는 얘기 아니야?"

"그래, 그럴지도 모르겠다. 쇠고기 육회처럼."

"이야, 여기선 그런 것도 먹네. 정말 별걸 다 먹어."

그러자 일행 중 제일 나이 든 선배가 사막 여행 때 낙타 고기를 먹어 봤다는 얘기를 했고, 그 얘기 끝에 사막 도마뱀 요리에 대해 말했다. 아니, 요리라는 말을 붙일 것도 없는 그냥 사막 도마뱀 얘기를 했다.

"느 그거 알아?"

"뭘요?"

"난 안 먹어 봐 모르겠는데, 중동에 일꾼으로 나갔다가 들어온 노인네가 도마뱀 때문에 다시 중동에 나간 얘기 말이야."

"그게 그렇게 맛있나. 한 번 먹으면 다시 안 먹고 못 배길 만큼."

"그게 아니고, 사막 도마뱀이 이거에 아주 최고라는 거야."

선배는 탁자 위로 내민 팔뚝을 끄덕여 보였다.

"그럼 중동에서 돌아온 다음 양기가 떨어져서 다시 나간 모양이죠 뭐."

"그러면 애초 얘기도 안 되는 거지."

"그럼요?"

"거 왜 옛날 서울고 자리에 현대그룹 인력본부가 있었잖아. 중동으로 나가는 노무자들 뽑아서 교육하는 데 말이야. 거기서 어떤 사람이 실제로 들은 얘긴데, 지난번에도 중동에 나갔다 들어온 사람 둘이 거기서 다시 만났거든. 한 사람은 늙수구레하고 한 사람은 좀 젊고 말이지. 그래서 젊은 사람이 나이 든 사람한테 우리야 젊으니 돈 더 벌려고 나간다지만 당신은 이제 그만 쉬지 뭐 하러 다시 나가냐니까 도마뱀 얘기를 하더라는 거야. 말도 마라고, 마누라가 죽겠다고 떠밀어서 다시 나간다고 말이지."

"마누라가 왜요? 그거 먹어 힘도 좋을 텐데."

"좋아도 너무 좋아 노니 탈인 거지. 이 사람이 먼저 나갔을 때 그게 좋다는 얘기를 듣고 틈날 때마다 거기서 그걸 잡아먹었거든. 그런데 거기선 그걸 써먹을 데가 없어서 몰랐는데 귀국해 들어와 마누라를 안아 보니 대번에 효과가 나타나는 거라. 그러니 젊은 나이도 아니고 쉰이 훨씬 넘은 나이에 밤마다 해 제키니 동갑내기 마누라가 배겨 나나. 마누라가 보기에 이게 중동에 나가 뭘 먹고 왔는지 사람이 아니라 완전히 짐승이 거든. 그래서 남편한테 아주 대놓고 하소연했다는 거야. 나도 이 제 나이가 있는데 말이지 당신 하자는 대로 밤마다 그렇게 하 다간 제명에 못 죽을 것 같으니 다시 거기 나가 뱀을 잡아 먹든 뭐를 잡아 먹든 더 늙은 다음에 들어오라고 말이지."

"에이…."

"에이는 이 사람아. 남 힘들게 얘기하는데. 저 말 사시미라는 것도 좀 그런 게 있는지 몰라. 말도 이게 크잖아. 소보다는 덩치 가 작아도 이거 크기는 몇 배로 더 크고 말이지."

"그럼 우리도 한 번 시켜 보죠 뭐."

"그럴까?"

"그래요. 많이는 말고 하나만."

도마뱀 얘기를 거치는 동안 조금 끈적해지기는 했지만 얘기 는 다시 자연스럽게 말 사시미 쪽으로 돌아왔다. 그러나 그래서 라기보다는 처음부터 다들 말 사시미가 어떻게 생긴 것인지 궁 금해하는 눈치들이었다. 나도 누군가 말 사시미라는 말을 읽어 준 다음 그것이 어떻게 생긴 것이며 또 어떤 모습으로 나오는지 궁금했다. 그러면서 마음 한편으로는 어린 시절 집에서 키우던 말 생각으로 말 사시미라는 말만으로도 왠지 께름칙해지는 기 분이었다.

"어이, 어이, 스미마셍."

누군가 장난 반의 서툰 일본말로 40대 여자 종업원을 불러 '호스 사시미'를 시켰다. 여자는 '호스'의 뜻을 못 알아듣다가 벽에 붙여 놓은 안주 이름을 가리키는 손가락을 보고 나서야 하이, 하이, 하고 물러났다. 잠시 후 작은 접시에 나온 그 말 사시미는 마치 당근을 얇게 썰은 것 같은 모습으로 길쭉한 다섯 장의 꽃잎 모양으로 놓여 나왔다. 색깔도 고기 결도 꼭 그런 모양으로 저며 내 온 쇠고기 같았다.

"말고기라니 우리 생각에 좀 그렇게 보이는 거지 생긴 건 쇠고기하고 똑같네."

나이 든 선배가 불빛에 이리저리 고기 접시를 비춰 보며 말했다.

"그래서 옛날에 말고기를 쇠고기라고 속여 팔았다지 않습니까?"

그 다음으로 나이 든 선배가 말했다. 두 사람 다 본인이 직접 말고기를 보거나 먹어 본 적은 없지만 육이오 때만 해도 그걸 먹었다는 얘기를 들었다고 했다. 그러나 어디 육이오 때뿐이겠는가. 나 역시 고기는 본 적이 없어도 그보다 썩 후에까지 아부제한테 말고기를 먹는 사람들의 얘기를 들은 적이 있고, 죽은 말고기를 가지러 집으로 온 사람들을 본 적이 있지만 입을 다

물고 있었다.

"그럼 쇠고기가 말고기보다 비쌌던 모양이지? 살아 있는 건 건 말이 비싸도 말이지."

"아무래도 그렇잖겠습니까? 맛이야 그게 그거라 해도 기분상 차이가 있는 거니까."

"하긴…."

"그런데 이걸로 봐선 잘 모르겠는데, 사실 쇠고기와 비교했을 때 말고기가 더 뻘겋답니다."

그러면서 그 선배는 '사쿠라'에 대해서 말했다. 우리가 변절 정치인을 '사쿠라'라고 부르는 것이 사실은 벚꽃에서 나온 말이 아니라 말고기에서 나온 말이라는 것이었다. 말고기가 쇠고기보다 붉고, 그래서 쇠고기라고 속여 파는 말고기를 '사쿠라'라고 부르고 변절 정치인을 가짜라는 뜻으로 그렇게 불렀던 것인데, 우리는 그 말이 당장 일본 국화 벚꽃을 가리키는 말이니까 거기에 친일파라는 뜻까지 넣어 변절 정치인을 그런 의미로 해석해 부른다는 것이었다.

"그런데 이건 붉지 않고 좀 희끗희끗하네. 노새 고긴가."

"냉동했다가 얇게 썰어서 그런 모양이죠, 뭐."

"니 이제 보니 많이 아네. 느 집 옛날에 노새 푸줏간 했나?"

그 말에 다들 웃었지만 나는 나를 보고 하는 말이 아닌데도 나에게 한 말을 못 들은 것처럼 시침을 떼느라 얼른 주머니를 뒤져 담배를 꺼내 물었다.

"가마이 있어 봐라. 7백 엔이면 이거 우리 돈으로 만 원 넘는 거 아이가. 비싼 돈 주고 시켰으면 먹어야제. 우리가 다섯이고 이게 다섯이고, 그럼 딱 맞네. 한 앞에 하나씩."

"그래요, 먹읍시다. 우리가 안 먹어 봤던 거지 못 먹는 음식도 아니고…."

그래서 가장 용기 있는 한 사람이 먼저 젓가락을 가져가고, 그걸 입에 넣고 우물거리며 뭐, 먹을 만하네, 하니까 또 한 사람이 나는 누가 먼저 젓가락만 대면 그게 지렁이라도 따라 대니까, 하면서 젓가락을 가져가고… 그러다 끝에 한 점 남은 게 접시째로 내 앞으로 오게 된 것이었다.

"야, 이수호, 그래 빼지 말고 니도 함 먹어 봐라."

"좀 이따가요…."

"먹어 봐라. 먹고 죽는 거 아니니까."

"그래, 이럴 때 먹는 거지, 언제 다시 우리가 말고기를 먹어 볼 기회가 있겠다고."

아마 공범자 의식 같은 것이었을 것이다. 얼굴에 먼저 검정을 묻히고 나면 아직 안 묻히고 망설이는 사람에게 저절로 그런 채근을 하게 되듯 모두들 한마디씩 거들고 나섰다. 나는 젓가락만 접시 위로 가져갔다가 뺐다가 했다.

"하, 이제 보니 비위 되게 약하네. 니, 쇠고기 육회는 먹나?"

"그거야 이거하고 다르죠."

"그러면 이거라고 못 먹을 게 어디 있나. 말고기 먹으면 안 될 내력 가지고 있는 것도 아닐 테고."

"내력이 어디 있습니까? 옛날부터 소 키우던 집 소 잡고, 말 키우던 집 말 잡는 거지."

'사쿠라' 얘기를 하던 선배였다. 알고 한 말은 아닐 테지만 그 말이 무얼 알고 한 말인 것처럼 묘하게 가슴에 와 걸렸다. 남들 처럼 일찍 젓가락을 가져가지 않아 그런 소리까지 듣고 보면 언 제까지 같은 채근을 받으며 접시를 앞에 두고 앉아 있을 수도 없는 일이었다. 나는 그걸 입에 대고 나면 한동안 께름칙한 기 분에서 벗어나지 못할 거라는 걸 알면서도 당근을 썰어 만든 꽃잎 같은 그것을 젓가락으로 집은 다음 질끈 눈을 감고 입에 넣었다. 그리고 어금니 한 번 눌러 보지 않은 채 다른 손에 들 고 있던 맥주로 그것을 삼켜 버렸다.

"잘 먹네. 하나 더 시켜 줄까?"

그때부터 나는 이제까지 마시던 맥주를 옆에 미뤄 두고 그 집을 나올 때까지 연신 맥주잔에 '사케'라는 일본 소주를 부어 마셨다. 얼마를 마셨는지 모른다. 잔이 비기도 전에 잔을 채웠고, 병이 비기 전에 다시 술을 시키곤 했다.

　탈은 당장 다음 날 아침에 있었다. 새벽부터 속이 쓰리며 자꾸 헛구역질이 나던 것이었다. 과음하긴 했지만 평소 경험했던 술탈과는 다른 무엇이 계속 속을 볶아 대고 머릿속을 휘저어 대고 있었다. 말이었다. 그날 관광 코스였던 나라奈良지역이 대체 어느 나라 어느 지역에 붙어 있는 것인지 모를 정신으로 일행을 따라다녔다. 나라공원 여기저기를 돌아다니는 사슴 떼를 볼 때에도 말 생각이 났고, 그 사슴들에게 주는 전병 모양의 사슴 과자를 볼 때에도 어제 먹은 말 사시미 생각에 속이 울렁거리고 거북했다. 약을 먹어도 다스려지지 않았다. 아마 일정이 사흘만 더 길었다면 나는 그곳에서 병원 신세를 지고 말았을 것이다.

　서울로 돌아오면 나아지겠지 했지만 돌아와서도 기분은 여전히 그랬다. 처음보다는 나아지기는 했지만 수시로 그 말 사시미가 나를 괴롭혔다. 식탁에 오른 쇠고기를 볼 때에도 그랬고, 얇게 썰어 구운 돼지 고기를 볼 때에도 그랬다. 고기만 보면 암만 참으려 해도 먼저 구역질이 나고, 일본에서 먹었던 말고기와 어린 시절 아부제 집에서 키우던 말 생각이 났다. 아이들이 먹는 과자를 봐도 나라공원에서 본 사슴 과자 전병과 사슴, 그러다 또 그때 입에 댄 말고기와 말 생각으로 수시로 배 속과 머릿속이 편하지 못했다. 그렇다고 그걸 누구에게 이야기할 수도 없는 노릇이었다. 일본에 가서 말고기를 먹어 그게 가슴에 얹히고, 앞으로도 당분간 내 의식의 한 끝을 껄끄럽게 지배할 것 같다고….

말 꿈도 아마 그래서 꾸었을 것이다. 꿈을 꾸다 깼을 땐 차라리 나귀거나 노새였다면 어린 시절 늘 그걸 보고 자랐으니 충분히 그럴 수 있겠다고 생각해 다른 데까지 그걸 연결시켜 생각하지 않았을 거라고 했지만, 그건 말 꿈을 꾼 다음의 생각이지 만약 그랬다면 그 자리에서 화장실로 달려가 토악질을 했을 것이다. 내게 말이라는 건 그랬다. 일본에서 그런 일 없이 그런 꿈을 꾸었다 해도 나는 그 꿈을 좋은 꿈으로 생각하지 않았을 것이다. 어릴 때부터 말에 대해서 한 번도 나는 좋은 생각을 가져 본 적이 없었다. 그건 아부제 집에 양자로 들어가기 전부터 그랬다. 집에는 안 들어가 살고 어른들이 그냥 아부제의 양자 아들로만 정해 놨을 때에도 내 별명은 이미 '노새집 양재'였다. 집 나간 아부제를 찾아 봉평에 다녀온 다음엔 밥도 거기서 먹고 잠도 거기서 자고 학교도 거기서 다니는 '노새집 아들'이 되었다. 그때까지는 아부제라고 부르지 않았다. 당숙이라고 부르거나 아재라고 불렀다.

전화로 힘들게 거절했던 그 사보의 원고는 잠시 후 다시 쓰지 않을 수 없게 되었다. 먼저 전화를 했던 담당자가 다시 전화를 해서 잠깐만요 선생님, 우리 과장님 바꿔 드릴게요, 하고 전화를 바꾼 사람이 예전 학교 다닐 때 같은 대학의 교지 편집실에 있던 후배였다. 후배도 그냥 후배였던 것이 아니라 여름 방학 동안 '한국의 장터를 찾아서'라는 기획 기사를 취재하며 대화에서 봉평, 또 봉평에서 진부까지 〈메밀꽃 필 무렵〉 속의 무대를 함께 걸어 여행했던 친구였다. 70년대 후반의 일이었다. 그때엔 허 생원처럼 나귀를 끌고 다니는 장돌뱅이는 없었지만 젊은 날 벌어 놓은 게 없어 조 선달처럼 등짐을 지고 이 버스 저 버스 눈총받으며 옮겨 타고 다니는 나이 든 장돌뱅이들이 아직도 5일장을 찾아다니고 있었다.

"거긴 언제 갔는데? 그 회사 있다는 얘기는 들었지만⋯."

"지난 연말에 이쪽 부서로 자리를 옮겼어요."

"그랬어?"

"그러니까 내가 여기 있을 때 하나 써 줘야지요. 내가 일부러 형한테 전화를 걸라고 시킨 건데. 우리 전에 그렇게 다니기도 했었고. 형, 그때도 그러지 않았나? 어릴 때에도 그 길 걸어 봤다고. 나귀가 끄는 마차를 타고⋯."

아마 이럴 때 쓰는 말이 빼도 박도 못 한다는 말일 것이다.

"인마, 그럼 애초에 니가 전화를 했어야지."

"놀라게 하려고 일부러 그랬지요. 오랜만에 전화를 하면서 원고 얘기를 하는 것도 좀 그렇고 해서…."

"바빠, 요즘. 해야 할 일도 많고."

"그래도 써요. 하룻저녁이면 할 일을 가지고. 옛날 거기 취재 떠났던 일도 생각하면서. 그리고 원고 다 되면 나와서 저하고 소주도 한잔하고요. 원고 핑계 삼아 술 한잔하자는 얘기니까."

그러니 무작정 거절할 수만도 없는 일이었다. 처음엔 몰라서 못 쓴다고 그랬지만, 후배의 전화까지 받으면서 더 어떻게 뻗댈 수가 없었다. 그 친구에게 꿈 얘기를 할 수도 없는 일이었고, 직접적이든 직접적이지 않든 말 얘기라면 그것과 연관되는 어떤 것도 지긋지긋하다는 말도 할 수 없었다.

그래서 그날 저녁, 말고기를 맥주로 삼키듯 하기 싫은 일 차라리 단매에 끝내고 말지 하는 생각으로 책상에 앉았다.


대관령 아래에서 태어나 대관령의 산그림자를 보고, 대관령의 물을 먹고 자라면서도 한 번 그 영을 넘어 보지 못한 내가 처음 그 영을 넘었던 건 중학교 1학년 여름 방학 때 봉평 우체국에 근무하는 친척 누이를 찾아서였다.

대관령 아래 면소재지 마을까지 이십 리를 걸어나가 강릉에서 올라오는 대화행 완행버스를 타고 먼지 풀풀 날리는 아흔아홉구비 고갯길을 넘어 세 시간 반 만에 장평에 도착해 거기서 다시 차를 갈아타고 한 시간 만에 가 닿은 곳이 봉평이었다. 차를 탄 건 네 시간 반 동안이었지만, 차를 타기 위해 걸어 나온 시간, 차를 기다리던 시간, 또 차를 갈아탈 때 지체했던 시간 때문에 아침 일찍 나온 걸음이었는데도 오후 늦게나 그곳에 닿았다.

그러나 유감스럽게도 나는 그때 너무 어려서 내가 처음 큰 령을 넘어 찾아간 그곳 봉평이 이효석의 〈메밀꽃 필 무렵〉의 실제 무대라는 것을 알지 못했다. 지금도 기억나는 건 그곳의 늦은 장 풍경과 누이를 따라 처음 들어가 본 '남포다방'의 풍경이다. 마침 가는 날이 장날이라 누이가 퇴근하기를 기다리는 동안 나는 그곳 장터의 난전도 구경하고 나이롱 양말과 나이롱 옷들을 파는 포목전의 옷가게들도 구경하고, 장터 곳곳에 매어져 있는 장돌뱅이들의 나귀도 구경하고, 어른들의 눈을 피해 그 나귀의 왕자표 노새자지를 툭툭 건드리며 나귀를 못살게 구는 각다귀 떼들(장터 아이들)도 구경했다. 그리고 누이가 퇴근한 다음 따라 들어가 본 남포다방. 다방 이름이 '남포다방'이었던 것이 아니라 내가 중학교 1학년이던 1969년 때까지 봉평도 큰령 아래의 우리 마을과 마찬가지로 아직 전기가 들어오지 않아 장터가 있는 면소재지의 단 하나뿐인 그

다방도 그렇게 밤이면 남폿불을 켜 놓고, 작은 화덕에 숯불로 커피를 끓여 팔았던 것이다.

그러니까 나는 아직 이효석의 〈메밀꽃 필 무렵〉을 읽기도 전 그 소설의 무대를 거의 원형에 가깝게 보았던 셈이다. 작품이 쓰여진 건 1936년의 일로 내가 본 것보다 30여 년 전의 일이었지만, 당시 강원도 내륙지방의 사람살이와 도로 사정도 그렇고, 전기가 들어오지 않은 마을의 장터 풍경이란 그렇게 달라진 것이 없을 것이다. 아마 달라진 것이 있다면 숯불로 커피를 끓여 파는 다방이 들어서듯 허 생원과 조 선달이 피륙을 팔던 드팀전이 그때 막 대중화되기 시작한 나이롱 양말들과 나이롱 옷들을 파는 포목전으로 바뀌듯 몇 가지의 물건들이 시절에 따라 좀 더 현대화된 것과, 또 생원이니 선달이니 하고 불리던 장돌뱅이들의 호칭이 허 씨, 조 씨 하고 불리던 것들일 것이다. 그들은 여전히 등짐이 아니면 나귀에 물건을 싣고 이 장 저 장을 떠돌아다녔다. 하루에 고작 몇 행보씩 다니는 콩나물 시루 같은 버스가 그들의 짐을 받아 줄 턱이 없었다. 장터의 음식점이나 술집 이름들도 두세 개의 중국집을 빼면 여전히 〈충주집〉, 〈제천식당〉이 아니면 〈진부옥〉, 〈강릉옥〉 들이란 간판을 반은 기와지붕, 반은 초가지붕 처마에 내걸고 있었다.

그러나 시작부터 나는 거짓말을 하고 있었다. 그때 봉평우체국에 근무하는 친척누이가 있었던 건 사실이지만 나는 그 누이를 찾아갔던 것이 아니라 몇 달째 집을 나가 있는 당숙을 찾아 봉평에 갔던 것이었다. 내 양아버지인 당숙은 그때 이미 나이가 마흔이 넘었는데도 밑에 아이가 없었다. 결혼한 지 15년이 넘는데도 당숙모가 아이를 낳지 못하는 것이었다. 유일하게 '애비'로 불리는 말이 있다면 그건 '노새 애비'라는 차라리 쌍욕보다 못한 호칭뿐이었다. 그때 당숙은 '은별'이라는 노새를 끌고 있었다. 붉은 기운이 도는 갈색 몸통에 정수리 한가운데만 별처럼 흰 털이 난 노새였다.

어른들 사이에 내가 작은집의 양자로 정해진 건 국민학교 4학년 때의 일이었다. 우리 집엔 아들 형제가 많았고, 그때 당숙모는 몸의 다른 곳이 아파 병원에 입원했다가 처음부터 아이를 낳을 수 없는 몸이라는 말을 들었다고 했다. 아파서 그런 게 아니구 애초 둘치라는구만. 당숙모가 없는 앞에서 어른들은 그렇게 말했다. 그래서 나는 둘치라는 말이 짐승에게 쓰는 말이 아니라 당숙모 같은 사람들에게 쓰는 말인 줄 알았다. 아마 어른들이 나를 일찍 작은집 양자로 정했던 건 이제 앞으로도 당숙모가 아이를 낳을 수 없게 된 것을 알아서라기보다는 그때 당숙과 당숙모의 실의를 나의 양자로 메워 주려는 배려 때문이 아니었나 싶다. 그것은 또한 내 문제이기도 한데 모든 일이 나모르게 이루어진 것이었다. 나한테 묻지도 않았고, 얘기해 주지도 않았다. 할아버지와 작은할아버지를 포함해 그냥 어른들이 일방적으로 그렇게 정한 것이었다. 나는 마을 사람들이 나를 '노새집 양재'라고 할 때야 비로소 어른들이 그 일 때문에 늘 사랑에 모였었구나 하는 것을 알았다. 작은집으로 가는 양자니까 큰아들이 갈 수는 없고, 나머지 세 아들 가운데 하나를 지목하라니까 작은할아버지와 당숙이 셋째 아들인 나를 지목했다는 것이었다.

"그럼 작은형을 보내지 왜 날 보내?"

당숙의 양자로 정해진 걸 알고 내가 처음 어머니에게 따진 말은 그것이었다.

"작은집에서 널 들이겠단다. 아버지 어머이가 너를 보내는 게 아니라 누구를 들이겠느냐니까."

나를 달래기 위한 말이 아니라 실제로도 그랬을 것이다. 그때 작은형은 중학교 3학년이어서 집안에 무슨 일이 있는지 말하지 않아도 알았을 테고, 노새를 끄는 작은집(아니, 노새를 끌지 않더라도)에 자기는 죽어도 양자를 가지 않을 거라고 분명하게 말했을 것이다. 그리고 그런 것들을 짐작하고 있는 작은집에서도 일을 껄끄럽게 처리하는 것보다는 부드럽게 처리하자는 뜻에서 아직 무얼 모를 것 같은 나를 지목했을 것이다. 또 나를 낳고 나서 그 사이에 여동생 낳은 다음 낳은 막내는 아직 젖먹이나 다를 게 없어 작은할아버지나 당숙이 보기에도 어느 세월에 절 받고 잔 받을까 싶었을 것이다.

"나는 양재 안 가."

"누가 지금 가서 살라나? 나중에 작은집 제사만 맡으면 되지."

"그래도 안 가."

그러나 그게 어디 내 마음대로 될 일이던가. 그해 가을 덜컥 작은할아버지가 세상을 뜨자 나는 단박 새로 지어 입힌 베옷을 입고 불려 나가 어린 상제 노릇을 해야 했다. 게다가 탈상 전 일 년 동안 보름과 삭망 아침마다 작은집에 불려 가 작은할아버지 궤연에 당숙과 함께 잔을 올리고 절을 하고 와야 했다. 그러면서도 나는 말끝마다 '양재 안 가'를 입에 달고 살았다. 그냥 양 자도 싫고 서러웠지만 '노새집 양재'는 더더욱 싫고 부끄러웠다.

"나 양재 안 가니까 도로 물려."

작은집에 불려 내려갔다 오는 날마다 나는 어머니에게 떼를 썼다.

"니가 몰라서 그렇지 작은집 살림이 어디 적은 살림인 줄 아나? 어여 그러고 가만있으면 나중에 그게 다 니 것이 되는데."

"나 그런 거 안 가질 거니까 도로 물려 오란 말이야. 노새집 양재 안 할 거니까."

"말은 뭐 아무나 끌고 아무나 부리는 줄 아나? 다 있고 부지 런하니 그러지."

"그럼 소로 끌면 되잖아."

내가 참을 수 없는 게 그것이었다. 마을에 우차를 끄는 종기 아버지조차 노새를 부리는 당숙을 노새, 노새, 하고 부르며 은 근히 깔보고 우습게 아는 것이었다. 그러니 다른 사람들은 오 죽했겠는가. 농사만 지어도 될 일을 당숙은 농사일은 거의 작 은 할아버지와 당숙모에게 맡기고 아침마다 노새를 끌고 시내 (강릉)로 나갔었다. 작은할아버지가 돌아가신 다음에도 그런 출 입은 여전해, 시내로 나가 벽돌을 실어 나르거나 국유림 쪽으로 들어가 산판장의 나무를 실어 날랐다. 원래 천성이 부지런하긴 해도 작은집의 살림이 그렇게 불어난 것도 당숙이 말을 부려서 라고 했다.

그런 당숙이 완전히 집 밖으로 돌기 시작한 건 내가 국민학 교 6학년 때부터의 일이었다. 밖에 일을 나가도 밤이면 꼬박꼬 박 집으로 돌아오던 당숙이 어떤 때는 닷새고 열흘씩 집으로 돌아오지 않았다.

"거 봐라. 니가 그러니까 더 집 밖으로 돌잖는가."

어른들은 내가 정을 붙여 주지 않아 그런다고 했지만 그러거나 말거나 내가 상관할 일이 아니었다. 아니, 더 그렇게 해 주길 바랐다. 나는 여전히 '양재 안 가'를 입에 달고 살았고, 어떤 때는 아버지와 어머니, 당숙과 당숙모가 함께 있는 자리에서도 서슴없이 그 말을 해 갑자기 분위기를 낯설게 만들어 놓기도 했다. 아버지 어머니가 아닌 다른 사람의 아들이 되는 것도 싫었지만 남들이 까닭 없이 깔보고 우습게 아는 노새집의 '노새 애비' 아들이 되는 게 싫었다. 나는 다른 아이들과 함께 길을 가다가 마차를 끌고 가는 당숙을 만났을 때 노새가 왕자표 통고무신 같은 자지를 배 밖으로 덜렁대고 있으면 내가 다른 아이들 앞에 옷을 벗고 그렇게 서 있는 것처럼 부끄러웠다. 동네 계집아이들이 그 옆을 지나기라도 하면 그만 학교에 다닐 마음조차 싹 가시고 마는 것이었다. 그래서 저만치서 노새가 보이면 늘 내가 먼저 그 자리를 피하곤 했다.

어른들은 내가 크면 낫겠지 했겠지만, 다음 해 중학교에 들어간 다음 나는 노새를 끄를 당숙을 더욱 견딜 수 없어 했다. 중학교 때부터는 가르치는 데 큰돈이 든다 해서 교복도 작은집에서 지어 주었고, 학비도 작은집에서 가져오는 돈을 어머니가 내게 주었다. 어머니는 내게 그걸 늘 고마워하라고 말했지만 나는 그런 말부터가 싫었다.

"애초 그런 일 없었으면 집에서 줄 거 아니에요?"

"그래도 그러는 게 아니다."

"암만 그래도 난 양재 안 간다니까."

"누가 지금 가라더냐?"

"나중에도 안 간다구요. 누가 가는가 봐라 정말…."

그게 아버지 어머니에 대해서도, 그리고 작은집에 대해서도 나의 유일한 유세였다. 당숙은 일을 하러 나가고 들어오는 길에 나를 만나면 늘 마차에 나를 태우고 싶어했지만, 나는 한 번도 마차에 타지 않았다. 함께 학교로 가고 함께 집으로 오던 다른 아이들은 당숙의 마차를 만나면 즈들이 먼저 태워 달라거나 그런 말도 없이 달려와 가방부터 먼저 그 위에 던지고 냉큼 올라타곤 했지만, 나는 당숙의 마차가 아니더라도 마차만 보면 그 자리를 피하거나 그럴 틈이 없으면 고개를 팍 꺾고 내가 먼저 싫다는 뜻을 분명히 하곤 했다.

"남들도 타는 걸 왜 니는 안 타나?"

그런 말을 하는 사람은 늘 어머니였다. 당숙은 그런 말조차 하지 않았다. 내가 싫다면 억지로 뺏어 실었던 가방을 도로 내주며 그럼 천천히 걸어오라고 했다. 당숙도 내가 노새를 끔찍이 싫어하는 걸 알았다. 아니, 노새를 끄는 당숙을 싫어하는 걸 알고 있었다.

"몰라서 물어요? 남들은 남이니까 타지. 나도 남이면 타고 댕긴다구요."

"그래도 그러는 게 아니다."

"아니면 지금이래도 작은형을 양재 보내면 되잖아."

그러다 결정적으로 나빴던 건 어느 토요일 오후, 하굣길에서였다. 남대천에서 모래를 퍼 실어 나르다 길옆 버드나무 그늘 아래 마차를 세우고 다른 마부들과 함께 담배를 피우며 땀을 들이던 당숙이 같은 반의 다른 동무들과 함께 둑길을 걸어오는 나를 보았던 것이었다. 내가 고개를 꽉 꺾고 가면 그런 내 모습이 마음에 언짢더라도 못 본 척해야 되는데 그날은 웬일인지 그 자리에서 당숙이 나를 붙잡았다. 어쩌면 다른 마부들 앞에서 뭔가 낯을 내고 싶었던 것인지도 모른다.

"학교 마치고 오나?"

"야."

나는 친구들 앞에 쥐구멍이라도 들어가고 싶은 마음이었다.

"점심은 먹은?"

"토요일이잖아요."

"가마이 있어 봐라. 그래도 뭘 먹고 가야제. 안 봤다면 몰라두…."

그러면서 당숙은 품에서 빳빳한 백 원짜리 한 장을 꺼내 주

었다. 나는 고맙다는 생각보다는 그 자리에서 얼른 벗어날 생각
으로 돈을 받았다.

"어이, 은별이, 갸는 누구야?"

당숙보다는 대여섯 살쯤은 아래로 보이는 다른 마부가 당숙
에게 물었다. 당숙 말고는 대부분 말만 끄는 사람들이었다. 그
들은 서로의 호칭도 얼룩이, 점박이, 하는 식으로 노새의 이름
으로 불렀다. 훗날 어이, 몇 호, 몇 호, 하고 자동차 끝 번호 두
자리를 이름 대신으로 부르던 택시 회사 사람들을 본 적이 있
지만, 사람 이름을 은별이, 점박이, 하고 노새 이름으로 부르던
것도 내게는 낯선 일이었다.

"장래 우리 집 대주시다."

"대주라니?"

"우리 맏상주라구."

당숙은 보란듯이 내 모자를 바로 씌워 주면서 말했다.

"뭐야, 그렇게 큰 아들이 있었던 말이야?"

아들 소리를 듣자마자 갑자기 눈앞이 아득해져 오는 느낌에
나는 손에 들고 있던 돈을 당숙에게 도로 내밀었다. 대주니, 맏
상주니 하는 말을 할 때만 해도 얼른 그 자리를 벗어나야겠다
는 생각만 했는데 이제 동무들 앞에서 노새를 끄는 마부의 아
들 소리까지 나온 것이었다. 아이들은 이제 대번에 그 사람 느

아버지냐, 하고 물을 것이었다.

"뭘 사 먹고 가라니까."

"싫어요. 나 이제 아재 양재 안 해요!"

나는 기어이 그 돈을 당숙 앞에 던지고 냅다 가방을 옆구리에 끼고 뛰었다. 뒤에 다른 마부들 앞에 당숙이 어떤 얼굴이 되었을까는 생각할 틈도 없었다. 당장 동무들 앞에 내 얼굴이 문제였다. 정말 그것만은 감추고 싶었고, 감추어 왔던 일이었다. 나는 동무들에게 먼 친척 아저씨인데 아들이 없으니까 분수를 모르고 나한테 집적거리는 거라고 말했다. 그러니 우리 동네 애들한테도 물어보라고. 내가 어느 집에 누구하고 살고 우리 아버지가 말을 끄는 사람인지 아닌지….

아마 그 일이 있고 나서였을 것이다. 처음엔 밤마다 술에 취해 마차를 끌고 들어오던 당숙이 어느날 집을 나간 다음 한 달이 되고, 두 달이 되고 방학의 반이 지나 세 달이 되도록 집에 들어오지 않는 것이었다. 처음엔 집안 어른들도 무슨 일인가 몰랐다가 당숙모가 당숙이 떠나기 전의 일들을 얘기해 모두 그 일을 알게 되었다.

"집 나가기 전에 술을 잔뜩 먹고 와 그런 말을 하잖우. 어디 가서 여자를 사서라도 애 하나를 낳아 와야겠다구. 그러면서 또 나한테 그러잖우. 내가 오죽하면 아 못 낳는 자네 가슴에 못

지를 말을 하고 있겠느냐구, 그러면서 대구 울구….”

아버지가 남대천 제방으로 나가 전에 함께 일하던 마부들에
게 수소문을 하자 당숙은 봉평 어디의 산판장에 가 있다고 했
다. 거기서 다른 살림을 차렸을 거라는 얘기도 있었고, 살림까
지는 차리지 않았지만 좋아지내는 술집 여자가 있는 것 같더라
는 얘기도 있었다. 당숙모는 날마다 우리 집으로 올라와 아버지
에게 당숙을 찾아 데리고 올 수 없겠느냐고 말했다. 당숙이 오
지 않거나 거기서 다른 여자와 살림을 차리고 앉은 거라면 이
녁이 여기 있을 게 뭐가 있겠느냐며 올라올 때마다 눈이 붓도
록 울고 내려갔다.

“거 봐라. 저 귀해 주는 어른 가슴에 못이나 지르고….”

일이 그렇게 되자 아버지와 어머니는 내가 양자로 아직 들어
가 사는 것도 아니고 족보에 그렇게 올린 것도 아니니 늦게라도
셋째 양자에서 둘째 양자로 바꾸는 이야기까지 했지만, 그리고
이제 고등학교 졸업반인 작은형도 어른들이 정 그렇게 정하면
자신도 어른들의 말에 따르겠다고 했지만 그건 당숙모가 안 된
다고 했다.

“지가 우리를 싫다 해두 그간 그 양반하고 내가 시째한테 붙
이구 들인 정이 얼만데요. 지두 그거 크면 어련히 알 거구… 그
러구 아버님 상세 나셨을 때 어린 지가 와서 장삿일 다 했는

데… 어린 게 달마다 오르내리며 보름 삭망 다 챙기구… 아버님두 그래 알고 돌아가신 다음 절 받구 했는 기… 그간 정리를 생각해서두 난 시째 못 내뇨. 안 내놓는다구요."

"봐라. 니를 어떻게 생각하는지."

아버지는 아버지가 올라가 데리고 올 일이 아니라고 했다. 아버지가 가면 억지로라도 따라 내려오긴 하겠지만 이내 또 집 밖으로 돌 거라고 했다. 그러면 나라는 얘기였다. 그간 지은 죄도 있고, 또 그때쯤 나도 가슴에 풀어지는 무엇이 있었다. 예전 중학교에 다닐 때만 해도 노새집 양자는 죽어도 안 가겠다던 둘째 형이 이제는 어른들이 시키면 시키는 대로 하겠다고 말하는 것을 듣자 이제까지 가졌던 노새집 양자에 대한 부끄러움과 서러움도 많이 녹아내리던 것이었다.

"올라가거든 거기 우체국에 가서 경금집 영자를 찾아라. 그리고 당숙을 찾는 거야 수소문을 해 찾더라도 사람 찾는 것보다 짐승을 찾는 게 더 빠를 테구. 한 파수래도 좋고 두 파수래도 좋고 찾아서 니가 잘못했다구 말하구 모시구 오너라. 그러잖으믄 또 올라갈 테니까."

"살림하고 있으면요?"

철도 없이 그 말을 나는 당숙모까지 있는 자리에서 물었다.

"그런 일 없을 거다만 그런다 해도 널 보면 마음이 달라질 거다. 그간 니한테 들이고 쏟은 정이 얼만데. 이번에 올라간 것도 달리해 올라간 게 아니라 니한테 노여워서 올라간 거니까."

다음 날 아침 면소재지까지는 당숙모가 데려다주었다. 나는 교복을 입고 가기 싫었지만 어른들은 교복을 입고 가는 게 모양도 반듯하다고 했다. 얼마를 묵을지 몰라 따로 몇 가지 옷들도 챙겨 갔다.

"꼭 니가 데리고 내려와야 한다."

"야."

"니가 가자면 올 거다."

"야."

"내려오면 내 인자 그놈의 짐승 없애라고 할 거니까."

"…."

당숙모는 찐 계란 몇 개를 가방에 넣어 주고, 집에서 차비를 받아 왔는데도 백 원짜리 돈을 세지도 않고 열 닢도 넘게 주머니에 넣어 주었다. 차를 두 번 갈아타도 봉평까지의 학생 차비가 완행버스로는 100원도 되지 않을 때였다.

"경금집 영자한테 신세 질 것도 없이 때 되면 혼자서라도 든든히 사 먹어라. 잠이야 한데서 잘 수 없으니 얻어 자더라도."

"집이나 잘 설어(청소해) 놔요. 안 쓰더라도 내 방도 하나 내놓고."

어른들이 가르쳐 준 것 말고도 나는 나대로 이 기회에 요량하고 다짐하고 있는 게 있었다.

봉평에 가서는 위에 적은 것 그대로였다. 우선 우체국에 들러 영자 누나를 찾았고, 혹시 이곳에서 우리 당숙을 보았느냐고 물었다.

"보기는 봤는데…."

봤어도 알은체는 하지 않은 듯했다. 양자로 들어간 내가 길에서 마주쳐도 그랬는데, 암만 친척이라도 그렇지 영자 누나도 스무 살도 넘게 먹은 처녀가 객지에 나와 남들 보는 앞에서 말을 끄는 당숙을 아는 체하기가 쉽지 않았을 것이다.

"어디 잘 가는지는 모르나?"

"저쪽 장터에 가끔 보이는 것 같던데. 가방은 나 주고 거기 가서 물어봐라. 진부옥이나 강릉옥이나. 그리고 이따가 이리로 와. 여기 와서 없으면 내가 저기 다방에 있을 테니까."

"내가 다방에 어떻게 들어가나? 중학생이."

"괜찮다, 여기는. 그냥 들어오는 게 아니라 나를 찾아오는 거니까."

"우리 아재를 찾으면 아재하고 같이 와도 되나?"

"그래. 니하고 같이 있으면."

"그런데 참 우리 아재 여기서 살림한다는 얘기는 못 들었나?"

"살림이라니?"

"방 얻어서 딴 여자하고 산다는 얘기는 못 들었느냐고."

"야, 수호야."

"왜?"

"넌 어린 게 그런 말도 할 줄 아나?"

"그 말이 왜?"

"니가 그런 말을 하니 이상해서 그런다."

"이상하긴. 몰라서 묻는 건데."

나는 우선 장터와 장터 뒷길을 다니며 당숙의 노새가 있는지를 살폈다. 장터라고 해 봤자 시골 너른 집 마당보다 조금 더 큰 정도여서 이쪽저쪽 뒷길까지 살피는데도 10분이 안 걸렸다. 장꾼들의 노새가 몇 마리 보이긴 했지만 정수리에 흰 털이 난 노새는 보이지 않았다. 그래도 혹시 살림하는 집이 따로 있고, 거기에 노새가 매어져 있는 게 아닌가 싶어 마을 부근의 집들을 하나하나 다시 둘러보았지만 장터 주변에 말고는 노새 비슷한 것도 보이지 않았다. 천상 장터거리의 술집이며 밥집에 들어가 물어볼 수밖에 없었다. 나는 때보다 일찍 강릉옥에 들어가 강릉에서 올라온 마부 이 씨를 찾는다고 했다. 당숙의 얼굴 모습과 노새의 특징을 함께 말했다.

"그 사람은 왜 찾는데?"

찾아도 바로 찾아들어 온 셈이었다. 마흔쯤 되어 보이는 주인 아주머니가 칼질을 멈추고 물었다.

"우리 아버집니다."

"콧날이 우뚝하고, 여기 귓볼 아래 어금니 자리에 팥알만 한 점이 있는 양반 말이제?"

"예."

"노새도 은별인지 뭔지는 몰라도 장배기에 허연 털이 나 있는 게 맞고…."

"예."

"그 사람이 맞나는 모르겠다만 아들이 없어 그래 댕긴다고 하던데."

"그러면 맞아요."

"참 이상네. 아들이 없다는 게 맞다면서 또 아버지라는 얘기는 무슨 얘긴데 시방?"

"지금 어디 있는지 아나요?"

"맞는지 아닌지는 모르겠다만 그 사람들 홍정산에 산판 들어갔는데 낼 모레나 돼야 나올 거르. 낼 모레가 한 파수 간좆날 이니까."

"그럼 낼 모레 여기로 오나요?"

"여기로 오든 어디로 오든 이곳으론 나올 기구만. 그래 하루 지내곤 또 이것저것 준비해 들어가구…."

나는 영자 누나를 만나러 가기 전 그곳에서 이른 저녁으로 밥을 먼저 시키고 나서 소머리국 한 그릇을 나중에 시켰다. 영자 누나를 놔두고 혼자 밥을 먹은 건 잠은 거기서 얻어 자더라도 아침저녁으로 먹는 것까지 신세를 져선 안 된다는 어른들의 말도 있었지만 우선은 주인아주머니가 당숙 소식을 알려 준 게 반갑고 고마워서였다. 밥을 먹으며 몇 가지 더 물어볼 말도 있었다. 그리고 밥을 먼저 시키고 소머리국을 따로 나중에 시킨 건 떠나올 때 아버지가 혹 국밥이 먹고 싶거든 그냥 국밥을 시키지 말고 꼭 그렇게 하라고 가르쳐 준 때문이었다. 장터 밥집들은 그냥 국밥을 시키면 먼저 먹던 손님들이 먹다 남긴 밥을 국에 말아 내오니 밥 따로 국 따로 시키라고 했다.

"강릉 큰 데서 학교를 다녀 본 게 있어서 그렇나, 여게 아들같지 않고 참 똑똑타. 혼자 아버지를 찾아와 이래 밥도 시켜 먹고."

사기 사발 가득 국을 내오며 아주머니가 말했다. 나는 그 말을 내가 밥 따로 국 따로 시켜서 하는 말일 거라고 생각했다.

"니 중학교 몇 학년이나?"

"1학년요."

"그 양반이 정말 아버지가 맞나?"

"예."

"의젓하구먼… 오늘 내려가지는 않을 테고 잘 데는 있나?"

"예."

"어디서 자는데?"

"정해 놨어요."

영자 누나 이야기는 하지 않았다. 영자 누나 이야기를 하면 이 사람들도 여기에 와 말을 끄는 당숙이 영자 누나의 가까운 친척이라는 걸 알게 될 것이었다.

"말을 끌어도 다른 사람들과 좀 다르다 했더니 아들을 보니…"

"그런데 내일 모레 언제쯤 오시나요?"

"아마 저녁때 올 거르. 거의 어두워서."

그때 출입문이 열리고 주인아주머니보다 조금 더 나이 들어 보이는 아주머니가 안으로 들어왔다.

"야는 누군데?"

어린 게 혼자 시골 밥집에 앉아 있으니 별일로 보이는 모양이었다.

"거 왜 홍정산에 산판 들어가서 그 아래 버덩말 차 다니는 데까지 나무 끌어내리는 말패들 있잖은가?"

"말패가 왜?"

"그 말패 중에 강릉서 올라온 이 씨 아들이래. 거 왜 코가 우뚝하고 눈이 서글서글한 이…."

"아들이라고?"

"그렇다니까."

"아이구야, 그이 말로는 의지가지없어 그래 댕긴다더니…. 진부옥 그치는 무슨 일이래?"

주인 여자가 찔끔 눈치를 주었다. 나는 못 본 체하고 숟가락으로 묵묵히 밥을 퍼 올렸다. 한 가지는 분명하게 안 셈이었다. 그리고 그간 당숙한테나 당숙모한테 내가 지은 죄 또한 분명하게 안 셈이었다. 나는 오히려 그들이 내게 더 많은 것을 물을까봐 밥값을 계산하고 밖으로 나왔다.

다음 날 그곳에서 삼십 리 떨어진 곳에 있다는 흥정산까지 당숙을 찾아 들어갈까 하다 그만두었다. 아무래도 이곳에서 보는 게 좋을 것 같았다. 일부러 진부옥엔 들어가지 않았다. 그런데도 내가 강릉옥에서 점심을 먹을 때 그곳에서 일하는 나이 든 아주머니가 내 눈치를 살피며 아닌 척하고 밖으로 나갔다가 잠시 후 들어올 땐 다른 여자와 함께 들어와 밥을 먹는 나를 살폈다. 나는 직감적으로 진부옥 그치라고 생각했다. 밥 먹는 일이 어떻게 하면 의젓하게 보일까만은 그래도 나는 의젓한

모습을 보여야겠다는 생각에 혹시 밥알이라도 흘리지 않을까
싶어 숟가락으로 밥을 꾹꾹 눌러 가며 그것을 떠먹었다. 따라
들어온 여자도 나이는 마흔쯤 되어 보이는데 인물로 봐선 거
기 주인 같지는 않고 허드렛일을 하는 여자 같았다. 나는 그 여
자가 내게 무어라고 묻거나 말을 시키면 어떻게 해야 하나 잔
뜩 긴장하고 있었지만, 두 사람 다 일부러 다가와 그러지는 않
았다. 한편으로는 느긋한 마음도 생겨 나는 별로 먹고 싶지 않
은 물까지 한 그릇 더 달래서 먹고 영자 누나가 얻어 있는 방으
로 돌아와 오후 동안은 거기에 꼼짝도 않고 있었다. 내일 산에
서 당숙이 내려오면 어떻게 해야 하는지 그것만 곰곰이 궁리를
했다.

그런데 오후 늦게 영자 누나가 들어와 지금 진부옥에 가 보라
고 했다.

"거기 느 아재 와 있다. 진부옥에서 나를 찾아왔더라. 널 데
리고 오라고."

"강릉옥이 아니고?"

"진부옥이다."

나는 가방을 챙겨 일어났다. 영자 누나도 함께 가고 싶은 마음
이 없는 듯했고, 나도 영자 누나와 함께 거길 가고 싶지 않았다.

"아재가 왔으면 바로 가야 할 것 같다. 가서 편지할게, 누

나…."

"우리 집에도 내가 잘 있다고 말해 주고…."

"고맙다, 재워 주고 오늘 아침도 해 주고…."

"니는 쬐끄만 게 별말을 다한다. 어제부터… 그리고 이건 우
리 엄마 좀 갖다 드려라. 추석 전에 내가 내려간다고 얘기도 해
주고."

"알았다."

나는 영자 누나가 주는 돈을 받아 주머니에 넣고 밖으로 나
왔다. 강릉옥이면 편한데… 그런 마음으로 진부옥 문을 열고
들어서자 방 안에 당숙이 앉아 있었다. 시커멓게 수염까지 길러
행색이 산사람이나 다를 게 없었다. 나로서는 남대천 제방 둑에
서 보고 석 달 만에 보는 얼굴이었다. 당숙은 방에 앉아 있고,
낮에 강릉옥으로 나를 구경 왔던 여자는 부엌 쪽에 있었다.

"왔네요, 아드님이…."

당숙도 나를 보고 있는데 부엌 쪽의 여자가 말했다.

"언제 완?"

당숙이 방에서 일어서며 말했다.

"아부제…."

나는 신발을 벗고 방으로 들어서며 말했다. 강릉에서 올라
올 때부터 내내 입속으로 되뇌이며 연습한 말이었다. 아버지가

있으니 아버지라고 부를 수는 없고, 그러면서도 아버지라는 뜻을 불러야 하고. 이젠 당숙을 그렇게 불러야 하고 그렇게 불러야 할 때가 왔다고 생각했다. 아부제가 놀라는 얼굴로 나를 바라보았다.

"아부제…."

"…."

"지가 잘못했어요."

"언, 언제 완?"

"어제요. 어머이가 아부제 모시고 오라고 해서요."

"…밥은 먹은?"

"야. 내일 온다더니요?"

"여게서 들어오는 사람 편에 니가 왔다는 얘기를 들었잔."

"진지는 드셨어요."

"거게서 먹기는 해두 니가 뭘 안 먹었음 같이 먹을라구…."

"말은요?"

"뒤꼍에 매 놨는 기 이젠 그것두 힘을 못 써서…."

"아부제…."

"…."

"가요, 집에…."

"오냐, 가야제. 니가 왔다 해서 다 챙겨 내려왔는 기. 집은 다

펜한?"

"야."

"느 숙모도?"

"야."

아부제는 나는 빈 몸으로 오고 아부제는 말을 가져왔으니 나는 차를 타고 내려가고 아부제는 내일 산에서 간조패들이 내려오면 돈을 마저 받은 다음 말을 끌고 내려오겠다고 했지만, 나는 나도 아부제하고 함께 내려가겠다고 했다. 가방까지 들고 나왔는데도 그날 하루 더 영자 누나 방에서 잠을 잤다. 아부제는 어디서 잠을 잤는지 모른다. 다음 날 영자 누나가 출근한 다음 아부제가 말하던 대로 열 시쯤 진부옥으로 다시 갔을 때 아부제는 이발을 하고 면도를 한 얼굴로 멀끔하게 앉아 있었다. 부엌 쪽을 살펴도 그 여자는 보이지 않았다.

"니 나하구 대화 가지 않으렌?"

"거긴 어딘데요?"

"차를 타믄 된다. 거긴 여기보다 큰 전방들이 많으니 니 뭐 사구 싶은 것두 사구…."

그날 아부제는 내게 시계를 사 주었다. 내가 고른 것보다 아부제 마음에 드는 게 더 비쌌는데 비싼 그것을 사 주었다. 큰형은 시계가 있어도 고등학교 3학년인 작은형은 아직 시계가 없었다. 라디오를 틀면 매 시간마다 아홉시를 알려 드립니다, 열 시를 알려 드립니다, 하는 오리엔트 야광 손목시계였다. 그 외에도 내 옷과 숙모 옷 몇 가지를 더 사고, 할아버지와 아버지 어머니의 옷가지도 샀다. 그리고 거기서 먹는 점심은 내가 내 식대로 아부제 것과 내 것을 시켜 먹었다. 아부제한테 내가 컸다는 것을 보여 주고 싶었다.

봉평으로 돌아오니 해가 저물고 있었다. 아부제는 진부옥에서 돈만 받으면 떠날 준비를 하고 흥정산 간조패들이 오기를 기다렸다. 그 사람들은 우리가 저녁을 먹은 다음에 내려왔다.

"야, 느들 장래 우리 집 대주 봐라. 우리 아들 얼굴 얼마나 훤한가 한 번 보란 말이다. 느 아들들이면 이만한 나이에 혼자 애비 찾아 여게 오겠나?"

아부제는 그들로부터 받아야 할 돈을 받은 다음 길을 떠나기 전 몇 잔 술을 마시며 연신 내 자랑을 했다. 어제까지는 내가 아부제라고 불러도 그 말을 드러내 놓고 좋아하지 못하고 서먹해하더니 이젠 마음껏 그 말을 좋아했다.

"언제는 정붙일 아들이 없어 돌아다닌다더니?"

"아들이 없기는, 내가 노새나? 아들이 없게. 애비 산에 가서 안 온다고 이렇게 여게까지 데리러 오는 아들이 있는데. 자, 이제 나는 아들하구 떠나네. 해 져서 선선할 때 떠나야지, 짐승을 끌구 가는 기…."

진부옥을 나온 다음 아부제와 나는 밤길을 걸었다. 아니 걷지 않고 마차 앞자리에 타고 밤늦도록 이목정까지 나왔다. 달이 없어도 별이 좋은 밤이었다. 아부제의 입에서 풍기는 술 냄새가 조금도 싫지 않았다. 노새는 연신 딸랑딸랑 방울을 울리고, 길옆은 온통 옥수수 밭이거나 감자밭, 올갈이 무우와 배추를 뽑은 다음 씨를 뿌린 메밀밭이었다. 꽃향기도 좋고 저녁 바람도 시원했다.

"수호야."

"야."

"니가 날 데리러 완?"

"야, 아부제."

"니가 날 데리러 여게까지 완?"

"야, 아부제."

"수호야."

"야."

"니가 날 데리러 이 먼 데까지 완?"

"야, 아부제."

"니가…니가… 나를 애비라구 데리러 완?"

"야, 아부제."

돌아오는 길 내내 아부제는 그 말을 묻고 또 물었다. 나는 새로 찬 야광 시계를 보며 10분이나 20분 간격마다 지금 몇 시 몇 분이다, 를 말했다. 자정 통행금지 시간이 다 되어 이목정 말먹이 집에 닿았다.

다음 날 아침부터 걸은 길도 그랬다. 끓인 여물을 가마니에 받아 싣고 노새가 맥을 못 추는 한낮만 잠시 그늘에 피했다가 저녁 늦게야 대관령에 닿았다.

"자지 않고 떠나면 새벽이면 닿는다."

"아부제."

"어."

"그러면 그냥 가요."

"그라이자. 우리 맏상주 시키는 대로. 영 내려가다 중간 반정 집에 가서 뭐 좀 달래서 먹구."

그리고 또 밤길을 걸었다. 아부제는 마차에 올라타기도 하고, 내리막 언덕이 심한 곳에서는 마차에 내려 말의 고삐를 잡기도 했다. 그때면 나도 따라 내렸다. 아부제가 그냥 타고 있으라고 해도 그랬다. 그러면서 아부제와 나는 또 얼마나 많은 이야기를 하면서 그 영을 넘어왔던가.

"아부제."

"어."

"뭐 하나 물어봐도 돼요?"

"그러믄. 누가 묻는 말이라구."

"아부제가 진부옥 아주머이를 좋아했어요?"

"그래 보이더나?"

"야."

"아니다. 내가 좋아한 게 아니구 그쪽에서 그랜 거지. 내가 이래 다 큰 아들이 있는데 아들이 읎는 줄 알구. 그러니 니두 내려가 숙모한테 그런 말 하믄 안 된다."

"야."

"그러믄 나두 니한테 뭐 물어봐두 되겐?"

"야."

"니 아버지 어머이가 이렇게 해서 날 데리구 오라구 시키든?"

"데리고 오라고 시키긴 했는데, 이렇게 데리고 오라고 시키지는 않았어요."

"날 아부제라고 부르라구 시킨 것두 아니구?"

"야."

"그럼 니가 니 마음으루다 부른 말인?"

"야. 아부제."

"그러믄 하나 더 물어두 되겐?"

"야."

"니 내가 말 끄는 게 싫은?"

"…."

그 말만은 대답하지 못했다. 아부제도 그 말을 두 번 묻지 않았다.

"아부제."

"어."

"나 내려가면 이제 아부제 집에 가서 살려구 해요."

"우리 집에?"

"야."

"어른들이 그렇게 하라구 시키든?"

"아뇨. 지 마음으로요."

"니 마음으로?"

"야. 그래서 올라올 때 하생골 어머이한테 내 방 하나 치워 놓으라고 했어요."

"수호야."

"야."

"아부제는 고맙다. 무슨 말인 줄 알제?"

"야."

"그래, 내려가믄 나두 이 짐승 치우지 뭐. 니 싫어하는 걸 계속할 게 뭐 있겐."

"…"

"허, 이눔이 말귀 알아듣나. 절 치운다니까 대가리를 흔들게."

"안 치워도 나 아부제 집에 가 살아요…"

"그래, 치우지 뭐. 치울 거야. 이제 이거 힘두 제대루 못 써 사람 망신시키는 거. 늙어서 고집두 늘구…"

그날 아부제와 나는 온 하늘과 온 산이 붉게 동틀 무렵 하생골 집에 닿았다.

그러나 그날 밤길에도 그랬고, 먼저 살던 집에서 아부제 집으로 살림을 옮기듯 책상과 책가방, 입던 옷가지들과 내가 쓰던 물건들을 옮겨 온 후에도 끝내 말과는, 그리고 아부제가 그것을 끄는 것과는 화해가 되지 않았다. 예전보다 덜 부끄럽다고 해도 그랬다. 그때 나는 중학교 1학년이었고, 동네에서 아이들과 싸우다가도 '노새집 양재 새끼'라는 말을 들으면 그 말을 이 세상에서 가장 심한 욕으로 느끼던 열세 살의 소년이었다.

그 말은 내가 중학교 3학년일 때까지 집에 있었다. 내가 저를 꼽박하고 서러움 줄 때 그는 이미 늙어 있었다. 그가 죽던 마지막 모습도 그랬다. 말굽을 박았는데도 공사장에서 벽돌을 내릴 때 땅에서 바로 선 대못을 밟아 오른쪽 앞다리부터 못쓰게 되더니 한 해 겨울을 한쪽 다리를 늘 구부린 채 서서 앓다가 어느 날 배를 땅에 대고 만 것이었다. 알리지 않았는데도 어떻게 알고 시내의 마부들이 마차를 끌고 와 죽은 그를 싣고 내려갔다. 아부제는 따라가지 않았다. 마부들이 그럼 저녁때 고기라도 보낼까, 하고 묻자 아부제는 그러지 말라고 했다. 작은할아버지가 돌아가신 이후 그날 처음으로 나는 남몰래 감추는 아부제의 눈물을 보았다. 한 지붕 아래에서 사는 동안 그는 내게 참으로 많은 설움과 눈총과 미움을 받았다. 내가 누리는 것 모든 것이 그의 등에서 나왔는데도 그랬다. 아마 그가 죽어 정말 하늘의 은별이 되었다 해도 나는 앞으로도 말에 대해 자유롭지 못하고, 그에 대해 자유롭지 못할 것이다. 결국 그 원고에 나는 그의 이야기를 쓰지 못했다. 그러나 언젠가 나는 그의 슬픈 생애에 대해 제대로 글을 쓸 수 있는 날이 오길 기다린다. 그는 태어나기로도 암말과 수나귀 사이에서 온갖 핍박 속에 오직 무거운 짐과 먼 길을 걷기 위해 생식력도 없는 큰 자지만 달고 나온 노새였고, 이름은 은별이었다.

# 「메밀꽃 필 무렵」이어쓰기와 함께한 작가들

—

**윤혜숙**

강원도 태백 출생.

한국콘텐츠진흥원 원작소설 창작과정에 선정되었고, 한우리청소년

문학상을 수상했다.

장편 청소년소설 『뽀이들이 온다』, 『계회도 살인 사건』을 썼으며,

청소년 단편소설집 『광장에 서다』, 『다시, 봄·봄』, 『여섯 개의 배

낭』, 『내가 덕후라고?』, 『이웃집 구미호』를 함께 썼다.

**심봉순**

1967년 강원도 태백에서 태어나 관동대학교 국어교육학과 졸업했

다.

2002년 김유정 전국문예공모에 산문 「출렁다리」로 대상 수상 후

2006년 계간 『문학시대』 신년호에 단편소설 「피타고라스 삼각형」

으로 등단했다.

2017년 제9회 현진건문학상에 단편소설 「제천」으로 우수상 수상

했다.

소설집으로 장편소설 『방터골 아라레이』와 단편소설집 『소매각시』,
『라스베가스로 간다』가 있다.


## 박문구

작가 약력 : 강원도 삼척 출생

　　　　　 가톨릭 관동대학교

　　　　　 『강원일보』 신춘문예

　　　　　 『강원일보』 중편 연재

　　　　　 산과 바다 주점으로 돌아다님

작품집 : 단편소설집 『환영이 있는 거리』

　　　　 장편소설 『투게더』


## 김별아

1969년 강원도 강릉에서 태어났다. 연세대학교 국어국문학과 졸업
후 1993년 『실천문학』에 「닫힌 문 밖의 바람소리」를 발표하며 등단
했다. 2005년 장편소설 『미실』로 제1회 세계문학상을 수상했다.
소설집으로는 『꿈의 부족』 장편소설 『개인적 체험』, 『축구 전쟁』,
『영영 이별 영이별』, 『논개1, 2』, 『백범』, 『열애』, 『가미가제 독고다
이』, 『채홍』, 『불의 꽃』, 『어우동, 사랑으로 죽다』, 『탄실』 산문집 『톨
스토이처럼 죽고 싶다』, 『가족 판타지』, 『모욕의 매뉴얼을 준비하
다』, 『이 또한 지나가리라』, 『삶은 홀수다』, 『괜찮다, 우리는 꽃필 수
있다』, 『스무 살 아들에게』, 『빛나는 말 가만한 생각』, 『도시를 걷는
시간』 등이 있다.

## 김도연

강원도 평창 출생. 『강원일보』, 『경인일보』 신춘문예 당선. 중앙신인 문학상(2000) 수상.

소설집 『0시의 부에노스아이레스』, 『십오야월』, 『이별전후사의 재인식』, 『콩 이야기』 장편소설 『소와 함께 여행하는 법』, 『삼십 년 뒤에 쓰는 반성문』, 『아흔아홉』, 『산토끼 사냥』, 『마지막 정육점』을 썼다.

## 이순원

1957년 강원도 강릉에서 태어났고, 1985년 『강원일보』 신춘문예에 「소」가 당선되면서 작가로서 활동을 시작했다. 자신을 작가로 길러 준 산과 바다에 대한 애정이 소설을 넘어 강릉 출신 산악인 이기호 대장과 함께 '강릉 바우길'이라는 트레킹 코스를 개발하는 일로 이어지기도 했다.

대표작으로 「그 여름의 꽃게」, 「얼굴」, 「말을 찾아서」 등이 있고, 장편소설로 『우리들의 석기시대』, 『압구정동엔 비상구가 없다』, 『에덴에 그를 보낸다』, 『수색, 그 물빛 무늬』, 『아들과 함께 걷는 길』, 『19세』, 『그대 정동진에 가면』, 『순수』 등이 있다.

동인문학상(1996), 현대문학상(1997), 이효석문학상(2000), 한무숙 문학상(2000), 허균문학상(2006), 남촌문학상(2006), 동리문학상(2016) 등을 수상했다.

# 이효석 선생 연보

—

1907년 2월 23일, 강원도 평창군 봉평면 창동리에서 부친 이시후李
　　　 始厚와 강홍경康洪卿의 일남삼녀 중 장남으로 출생.
1910년 서울에서 교편을 잡고 있던 부친을 따라 서울로 이주.
1912년 가족을 따라 다시 평창으로 내려와 서당에서 한학을 공부.
1914년 평창공립보통학교 입학.
1920년 평창공립보통학교 졸업, 경성제일고등보통학교 입학.
1925년 경성제일고등보통학교 졸업, 경성제국대학 예과 입학. 조선인
　　　 학생회인 문우회에 참가. 《매일신보》 신춘문예에 시 〈봄〉이
　　　 입선. 유진오, 이희승, 이재학 등과 사귀며 문우회 기관지인
　　　 《문우》와 예과 학생회지인 《청량》에 꽁트 〈여인旅人〉 발표.
1926년 〈겨울시장〉, 〈거머리 같은 마음〉 등 수 편의 시를 예과 학생
　　　 지 《청량》에 발표.
1927년 예과 수료 후 경성제국대학 법문학부 영어영문학과 편입,
　　　 교지 《문우》를 비롯한 잡지 등에 계속 작품 발표. 번역소설
　　　 〈밀항자密航者〉, 시 〈6월의 아침〉, 〈님이여 어디로〉, 단편 〈주

리면---- 어떤 생활의 단편〉 등 발표.

**1928년** 경성제국대학 재학 중 단편 〈도시와 유령〉을 발표하여 문
단에 주목을 받기 시작함. 경향파인 동반자작가로 활약.

**1930년** 경성제국대학 영어영문학과 졸업, 졸업 논문은 〈The plays
of J. M. Synge〉. 단편 〈마작철학麻雀哲學〉, 〈깨뜨려진 홍등
紅燈〉, 〈서점에 비친 도시의 일면상〉, 〈약령기弱齡記〉, 〈하얼
빈〉, 〈북국사신北國私信〉 발표.

**1931년** 이경원李敬媛과 결혼, 일본인 은사 쿠사부카조오지의 소개
로 조선총독부 경무국 검열계에 취직하였으나 곧 그만둠.
단편집《노령근해露領近海》발간.

**1932년** 함경북도 경성鏡城으로 이주. 경성농업학교 영어교사로 취
임. 장녀 나미奈美 출생. 〈오리온과 능금林檎〉, 〈북국점경北
國點景〉 발표.

**1933년** '구인회九人會'의 창립회원이 됨(정지용, 김기림, 이종명, 김유
영, 유치진, 조용만, 이태준, 이무영). 〈돈豚〉, 〈수탉〉 등 발표.

**1935년** 차녀 유미瑠美 출생. 단편 〈계절〉, 중편 〈성화聖畵〉 발표.

**1936년** 평양시 창전리로 이사. 숭실전문학교 교수로 취임.
〈메밀꽃 필 무렵〉, 〈들〉, 〈산〉, 〈인간산문人間散文〉, 〈분녀粉女〉
등 발표.

**1937년** 장남 우현禹鉉 출생. 〈개살구〉, 〈거리의 목가牧歌〉, 〈성찬聖餐〉,
〈낙엽기落葉記〉, 〈삽화揷話〉, 〈마음에 드는 풍경〉 등 발표.

**1938년** 숭실전문학교 폐교에 따라 교수직 퇴임.
〈장미薔薇 병病들다〉, 〈해바라기〉, 〈가을과 산양山羊〉, 〈겨울
이야기〉, 〈공상구락부空想俱樂部〉, 〈부록附錄〉 등 발표.

1939년 차남 영주 출생. 대동공업전문학교 교수 취임.

장편 《화분花粉》, 단편 〈향수鄕愁〉, 〈황제皇帝〉, 〈막幕〉, 〈산정山精〉 등 발표.

1940년 부인 이경원과 사별. 차남 영주를 잃음.

장편 《창공蒼空》을 연재. 〈은은한 빛〉과 〈엉겅퀴의 장章〉을 일본어로 발표.

1941년 장편 《벽공무한碧空無限》, 단편집 《이효석단편선》 출간. 〈산협山峽〉 등 발표.

1942년 5월 25일 뇌막염으로 평양도립병원에서 절망적인 상태로 퇴원한 후 자택에서 별세. 부친에 의해 평창군 진부면에 부인 이경원과 함께 안장.

1943년 유고 단편 〈만보萬甫〉, 〈황제-김종한 일역日譯〉 발표.

1944년 부친 이시후 별세.

1959년 서울대 문리대 주최 "효석문학의 밤" 5월 개최. 장남 우현에 의해 《효석전집》(전5권) 춘조사 간행.

1962년 모친 강홍경 별세.

1971년 차녀 유미에 의해 《이효석전집》(전5권) 성음사 간행.

1973년 문화의 날에 금관문화훈장 추서. 영동고속도로 장평리로 묘소 이장.

1980년 강원도민의 후원으로 영동고속도로변 태기산에 "가산 이효석 문학비" 건립.

1983년 〈이효석 작품론〉을 포함하여, 《이효석전집》(전8권)을 장녀 나미가 창미사에서 발간.

1998년 영동고속도로 확장공사로 묘소가 파주로 옮겨짐.

**1999년** 가산문학선양회와 봉평 면민이 주체가 되어 효석문화제위
원회 발족, 봉평에서 제1회 "효석문화제"개최.

**2002년** 이효석문학관 개관.

**2007년** 탄생 100주년 기념사업 시행, 문학인대회, 이효석문학관 문
학대문 건립, 이효석문학관 정원에 조형물 제작 설치, 생가
복원, 평양푸른집 복원.

**2011년** 〈미완未完의 유고遺稿·미발표 일본어 소설〉 번역(張諄河 번
역), 작품 수록《現代文學》681호(해설 이상옥李相沃교수).

**2011년 7월** 평창읍 하4리 주관으로 평창 장터 입구에 이효석 선생
평창보통학교 졸업 기념비 제막.

**2012년 5월** 평창초등학교 동문회 주관, 평창초등학교 100주년 기
념사업으로 초등학교 교정에 이효석 선생 흉상과 기념탑
건립.

**2012년 7월** 봉평 남안동에서 평창초등학교까지 연결되는 "효석문
학백리길" 완공.